Le messager du crocodile

ou les tribulations d'un jeune Turka

Collection « Le droit en marche »

dirigée par C. Garrier

"Le droit en marche" est une collection qui fait le point sur l'évolution du droit dans le vécu des peuples qui furent colonisés, et ses retombées dans les sociétés contemporaines, africaines et française.

Le droit est une construction vivante issue de la société à laquelle il est appliqué. Analyser le droit en marche ne se borne pas à appliquer la méthode juridique aux textes, mais à observer :

- les hommes :
  - les hommes politiques et leurs conseils qui rédigent ce droit,
  - les fonctionnaires chargés de sa mise en œuvre,
- la société dans laquelle le droit est né ;
- celle à laquelle il est appliqué ;

Le droit est également, à un moment déterminé, l'outil du groupe qui a su par ruse, par manœuvres, s'emparer du pouvoir. Le droit colonial a imposé une relation entre deux civilisations aux mœurs, aux coutumes, à l'histoire notoirement différentes.

Les indépendances n'ont pas entraîné l'abrogation des textes du droit colonial, ni leur remplacement par des dispositions dérivées des coutumes africaines. Le droit continue d'être écrit dans la langue du colonisateur alors que les « parlers locaux » sont très vivants. La sociologie des vécus ne peut être ignorée.

L'étude du droit ne peut être dissociée de celle de l'économie. L'Afrique est aujourd'hui un enjeu entre grandes puissances.

La collection se doit de publier des ouvrages qui couvrent l'ensemble de ce panorama et offrent aux gouvernants actuels et aux oppositions, les outils d'une perception rénovée de ce continent et d'une autre façon de le gérer, d'y vivre et d'y produire.

Dernières parutions

LE TOUBABOU, *Cruelle Côte d'Ivoire. L'éléphant et le « machin »*, 2011.

Claude GARRIER, *Côte d'Ivoire et zone OHADA : gestion immobilière et droit foncier urbain*, 2007.

Jean-Claude Lavaud

Le messager du crocodile

ou les tribulations d'un jeune Turka

L'Harmattan

5-7, rue de l'Ecole-Polytechnique, 75005 Paris

http://www.librairieharmattan.com
diffusion.harmattan@wanadoo.fr
harmattan1@wanadoo.fr

ISBN : 978-2-336-00856-1
EAN : 9782336008561

PREFACE

Le messager du crocodile, plus qu'un roman, est une légende où s'entremêlent actualité récente, parcours initiatique, sociologie d'un peuple du Sud du Burkina Faso, en un ensemble plein de charme. Pour qui a quelques notions sur cette partie de l'Afrique, le récit abonde en observations remarquables de vécu et de précision. Pour qui découvre l'Afrique de la savane, le dépaysement est total.

L'auteur exploite l'imbrication entre religions génielogique et musulmane, la première transmise à travers les siècles par le discours familial, la seconde liée à l'effort d'intégration au groupe de référence « dioula », « commerçant », depuis le début du XXe siècle. Cette symbiose est caractéristique des régions limitrophes du Burkina Faso et de Côte d'Ivoire. Bien que l'Islam comme les christianismes, rejette les religions traditionnelles, les « marabouts » ont la réputation de très puissants jeteurs de sorts.

Les « dozos » sont des guerriers aux nombreuses amulettes protectrices. La crainte qu'ils répandent, les fit utiliser comme gardiens dans le Sud de la Côte d'Ivoire dans les années 1990, d'où ils furent chassés à la suite de scandales.

Un bref portrait de Chérif Ousmane en officier éclairé, précipite le récit dans un passé qui ne pourra être oublié de longtemps ; il donne de ce personnage une image édénique très éloignée de celle qui circule actuellement.

Les scènes de tendresse qui concluent le récit, adoucissent l'impression laissée par des passages plus sombres et ramènent au fond initiatique qui le parcourt.

La rencontre entre mondes français et africain symbolisés par une technicienne d'une ONG et un paysan, l'incompréhension qui les isole, sont merveilleusement perçues. Tristement, mais réalistement, elle est un échec.

Jean-Claude LAVAUD a vécu au Burkina Faso. Il y a aimé ; il y a été aimé. Sans cela, jamais il n'aurait approché de façon aussi vive la conscience des habitants, des « vraies gens », jamais il n'aurait perçu ce vocabulaire particulier fabriqué par combinaison entre langues française et vernaculaire, jamais il n'aurait entendu l'expression des cœurs.

Claude GARRIER

CHAPITRE I

Tâtonnant dans l'obscurité de sa case, la mère de Bahilama, elle s'appelle Tiegounimané, – ce qui veut dire : « Ils veulent m'atteindre » – trouva la fragile porte en bois et sortit. Elle s'orientait aux odeurs familières : le parfum de la terre, l'humidité brumeuse et ascendante de l'aurore, l'odeur âcre du feu endormi, celle du chien lové chaudement dans la paille. La nuit, le silence est rassurant. Si les poules ou les quelques moutons s'agitaient, alors ce ne serait pas normal.

La fille cadette de la maison, Baumani, « Ils mangent sur moi », dort dans la case réservée aux enfants tout près de celle de la maman, la niou. Nouant un pagne à sa taille, distraite encore par les songes, le froid saisit ses épaules nues. En brousse, le contraste entre la chaleur du jour et le froid de la nuit surprend. Les collines entrecoupées de vallons abrupts, un marigot à proximité de la concession ou bien un puits non loin, suffisent pour rendre la fraîcheur incommode.

Entre elles deux les salutations quotidiennes ne sont pas nécessaires. La mère et sa fille se retrouvent chaque matin sans avoir eu réellement à se quitter. Leurs journées rythmées par la multitude des tâches domestiques sont à peine interrompues par le sommeil nocturne.

Elles préparaient ce qui pouvait l'être dans l'obscurité.

Comme à l'évocation d'un souvenir de la veille, les braises du modeste foyer reprirent de la vigueur au soufflet de la jeune fille.

Encore un moment et le coq chantera.

Baumani déposa l'eau sur le feu pour la toilette du matin.

Le coq chanta.

La mère balayait. Le mortier du sol est un mélange de terre, pierrailles et bouses de vache. Par endroits des fissures se creusaient et des plaques se délitaient. C'était une source de poussière. Il lui faudrait bientôt refaire la cour. Ça n'était pas rien que de se lancer dans un chantier pareil. Chacune des femmes comptait sur la solidarité des autres pour mener à bien ce labeur, de sorte que ces grands travaux étaient également l'occasion de belles fêtes collectives où l'on chantait, riait et mangeait. Les jambes droites, le corps incliné, la main gauche soutenant le ventre elle balayait consciencieusement et laissait ses pensées gambader.

Maintenant Baumani y voyait suffisamment pour prendre le maïs dans l'une des grosses jarres en terre cuite et noircies des cendres des foyers, ces greniers de la case-cuisine maternelle, la serigagou. Avec des gestes lents et efficaces, elle commença à piler.

Le son du pilon heurtant le bois du mortier résonnait comme un appel au réveil pour les enfants : TAN-KOU-ROU !... TAN-KOU-ROU !... TAN-KOU-ROU !... (Enfant ! Enfant ! Enfant !) Plus loin, dans une autre sogou (la concession), un autre pilon répondait en écho. Un autre coq aussi.

Le soleil sortait déjà de derrière les arbres. En un instant la chaleur se fit agressive, presque rebutante. Elle en décourageait plus d'un.

Baumani patientait devant la porte fermée de la case de son frère aîné.

– Ouma... (L'eau)

– Hmmm...?

Bahilama avait entendu. Baumani ouvrit la porte et laissa la lumière inonder la case du jeune homme. S'il avait répondu différemment la petite sœur aurait compris qu'il n'était pas seul. Cela arrivait. Il fallait alors que les gens de la sogou se fassent discrets, pour que la jeune fille sorte de la case sans être vue, file par derrière et mine de rien réapparaisse aussitôt par l'entrée principale de la concession. Grâce à ce subterfuge tout le monde pouvait alors échanger sereinement les salutations d'usage. Pour les jeunes filles turkas, il n'y a pas de honte à dormir dans la case d'un garçon et à faire l'amour avec lui. Mais si dans leur sommeil langoureux les amants sont surpris par le soleil, la bienséance exige et de la discrétion et des salutations. Le plus souvent, avant la fin de la nuit, le jeune homme s'arrangeait pour raccompagner sa belle chez elle.

Bahilama était étendu sur son lit de paille. À vingt-deux ans, c'est l'homme de la maison. Depuis que le père était mystérieusement mort lors d'un voyage au Ghana dix ans auparavant, avant même la naissance du petit dernier, il était le responsable obligé de la famille.

Il ouvrit les yeux sur l'affiche qu'il venait d'acheter à la ville de Banfora. Accrochée au mur de sa case elle dévoilait une femme nue.

Ou presque.

Une femme blonde, en string. Il étudiait ce poster depuis hier. C'était étrange et amusant : la nymphe posant savamment pour le photographe avait les seins d'une jeune fille, bien plantés et ronds comme des rônes[1] mais son visage était celui d'une femme déjà âgée. Il en était tellement impressionné qu'il ne regardait que ça.

La plupart des garçons du village de Toumousséni aiment décorer leur petite case en briques de terre avec des photos de femmes européennes blondes, en string. Ils disent que cela fait voyager.

Et ils rient.

Bahilama s'étira et glissa ses mains calleuses d'agriculteur derrière sa nuque pour regarder plus confortablement encore sa nouvelle acquisition. Son père avait-il connu une femme blanche avant de mourir ? Cette question lui fit se souvenir de son rêve de la nuit. « Encore ce rêve ! » Il s'assit sur le bord du lit. Pour la troisième fois en quelques jours, il avait rêvé de son père. Le scénario était à peu près toujours le même : le défunt sort d'une petite mare, habillé en tenue de chasseur. Il marche d'un pas rapide jusqu'à la concession et entre dans la case de son fils aîné, lui sourit tout en le regardant d'un air inquiet. Puis doucement, presque en chantant, il lui demande de se préparer, de faire le nécessaire car le crocodile va bientôt pondre et cela est dangereux pour les villageois.

Cette nuit-là, le père montrant son autorité était intervenu fermement dans le rêve :

– …Mon fils, je t'ai dit ce que tu as à faire ! Fais-le !

Bahilama ne comprenait pas ce que ce rêve signifiait. Cela le troublait. Blasé, il secoua la tête et s'étira encore.

---

1 Fruits du palmier rônier, de la taille d'une petite noix de coco.

– Il y a l'eau… Elle refroidit…

Orombi, « Avec quoi ferai-je le fier ? », son jeune frère, était assis à la porte de la case. Les coudes calés sur les genoux, la tête tenue par les paumes, il attendait, reprochant à son aîné le temps qu'il prenait à se lever. Ce n'était pas la peine que la sœur « *se casse*[2] » pour faire chauffer de l'eau si c'était pour la laisser refroidir !

– Gou fa la ! (Tout va bien !) J'arrive.

Il s'étira encore et encore, attacha une serviette de toilette autour de sa taille et fila derrière la case.

La salle de bain de la maison turka forme un petit carré de murs montés en banco, suffisamment hauts pour se laver sans révéler son intimité aux passants. En revanche, les murs ne dissimulent pas des regards. Le bain peut se transformer en une séance de salutations ou de discussions avec les passants, voire de flirt. Pour ne pas être dérangé dans sa toilette, il suffit de se laver assis sur un petit tabouret, un diadiou.

Rafraîchi, Bahilama rejoignit le jeune Orombi qui se tenait maintenant à côté d'un vélo beaucoup trop grand pour lui. Il avait à la main deux seaux en fer-blanc et une petite houe en bandoulière.

Pour se faire pardonner de son retard, il lui passa rapidement la main dans les cheveux et enfourcha le vélo. L'autre prit place sur le porte-bagages. Bringuebalés sur les minuscules pistes de latérite, les deux garçons roulèrent vers la rivière à deux kilomètres de là.

Il fallait une certaine dextérité pour arriver à conduire le vélo sans chuter. Les chemins qui sillonnent le village de Toumousséni sont parsemés de pièges : trous, pierres, branches, sable…

Et puis, le trajet choisi n'est pas forcément le plus court puisqu'il faut passer loin de certains grands arbres abritant les génies. Les génies, ces intermédiaires entre Dieu et les hommes sont craints, respectés pour leur puissance et admirés, aimés pour

---

2 Dans le texte, les expressions françaises ainsi que les dialogues en français sont notés en italiques.

les services qu'ils rendent. Une chose est certaine, il n'est pas bon de les déranger inutilement.

Orombi anticipait les soubresauts au passage des ornières :

- Il fait déjà chaud…
- Tu veux dire qu'on est en retard ?
- Oui…
- C'est bon. On se rattrapera ce soir, dit Bahilama en riant.

Orombi pardonnait tout à son grand-frère, y compris le surcroît de fatigue au travail sous le soleil brûlant du Burkina.

Lorsqu'ils arrivèrent près de la rivière d'autres jeunes étaient déjà dans les jardins maraîchers. La conversation s'animait à propos des dégâts occasionnés par les singes. Entre les singes et les adolescents la lutte était impitoyable. Les animaux profitaient du tout petit matin pour réaliser leurs méfaits. Lorsque les jeunes arrivaient, les primates étaient souvent encore présents dans les jardins. Mieux, ces « singes rouges » savaient utiliser un guetteur. Postée dans un arbre ou sur une termitière, la sentinelle prévenait ses compères du danger par des cris stridents. Ils détalaient alors précipitamment, abandonnant leur larcin. Mais parfois, inexplicablement les singes ne fuyaient pas. Tout au contraire ils se précipitaient dans les arbres aux abords des vergers et de leurs voix rauques et aiguës, hurlaient à tue-tête. Agacés par autant d'audace les adolescents répliquaient en criant aussi fort que possible. Les échanges de projectiles donnaient à la scène un sentiment étrange. Les adolescents criaient et injuriaient les primates. Les singes bombardaient les garçons de tout ce qu'ils trouvaient et parfois même de petits cailloux. Les jeunes se vengeaient par quelques volées de lance-pierres maladroites mais tout de même suffisantes pour les faire enfin déguerpir.

Il y avait heureusement des périodes de répit. Les animaux sauvages partaient ailleurs, plus loin, dans d'autres jardins, peut-être.

L'un des garçons s'approcha de Bahilama.

– Les singes sont revenus ! Nous avons perdu plusieurs plants de poivrons et encore des tomates. Ils nous ont bouffé des aubergines et à côté tout un régime de bananes. Avec les autres on en a parlé. Il faudra décider des tours de garde dans les jardins. Avec une lampe torche et un bon fusil, on devrait pouvoir limiter les dégâts. Qu'est-ce que tu en dis ?

Celui qui parlait était le fils de Kanima, l'un des plus grands guérisseurs contre-sorciers du pays turka. Tinibi « Avec qui se regrouper ? » était musicien, excellent joueur de tambour et un pitre apprécié. Ses regards en coin, sa façon de déplacer sa bouche sur le côté droit ou gauche laissaient croire qu'il était dans la confidence. Lorsque son interlocuteur crédule tendait l'oreille pour mieux recevoir un secret supposé, il éclatait de rire provoquant instantanément un réflexe de recul.

– On va bouffer du singe farci à la banane !, ajouta-t-il en riant très fort.

Le rêve hantait la mémoire de Bahilama. Cette histoire de crocodile qui devait pondre ne l'incitait guère à revenir la nuit :

– On va y réfléchir ce soir, après l'arrosage.

Satisfaits de cette réponse, les garçons se remirent au travail.

À l'exception de Bahilama, les plus âgés avaient à peine dix-huit ans. Les plus jeunes dans les sept ou huit ans. Matins et soirs, les plus costauds descendaient à la rivière en courant, remplissaient deux seaux d'eau et remontaient pour arroser les plantations. Ils faisaient ainsi chacun une centaine de rotations en deux ou trois heures. Les plus petits et ceux qui souffraient d'un handicap arrachaient les mauvaises herbes, binaient les légumes, les pieds des arbres fruitiers et récoltaient ce qui devait l'être.

Voilà cinq années maintenant que les jeunes du village s'étaient mis à faire du maraîchage. Les petites rivières de la brousse étaient bordées de nombreux potagers tous plus verdoyants les uns que les autres. Protégés par le feuillage généreux des grands arbres, idéalement situés près des marigots, légumes et agrumes, fruits et tubercules profitaient de la moiteur ambiante pour pousser allègrement. Pour protéger les récoltes des animaux de la brousse, les jardiniers avaient érigé de grandes palissades très solides, faites de branches taillées. Cela évitait aussi en partie l'intrusion des vaches des voisins peuls, source de problèmes de cohabitation entre les deux communautés. Malgré toutes ces précautions des accidents se produisaient encore. Mais, ni les hippopotames du lac voisin de Tangrela, ni les agoutis ou les phacochères ne pouvaient passer. Restaient les oiseaux et les singes. Pour les oiseaux, les jeunes turkas s'étaient mis d'accord pour les laisser picorer ici ou là. Au fond, la part du butin pris par les volatiles était minime. Et puis, ils agrémentaient le travail en chantant et signalaient en sifflant que la nuit tombait, qu'il fallait rentrer.

Les singes étaient considérés comme de véritables ennemis. Des profiteurs qui vivaient sur le travail des autres : « Le Turka trime, le singe bouffe ! » s'écriait Tinibi.

La région est volontiers appelée *« le jardin du Burkina »*. Les récoltes y sont souvent abondantes. Une infime partie est consommée par les familles. Les jeunes vendent les produits sur le marché de la ville de Banfora. Avec ses soixante mille habitants, le chef-lieu de la Province de la Comoé constitue une ouverture commerciale assez lucrative pour les jardiniers. Il faut voir ces vélos décorés de fanions et d'autocollants, surmontés de rétroviseurs surdimensionnés, chargés d'énormes sacs en toile de jute remplis de légumes et de fruits, partir en convoi sur la piste en latérite qui mène à la ville, à quinze kilomètres du village.

La fatigue accumulée pendant le trajet en valait la peine.

Certains passaient des accords avec des grossistes. Pour ceux-là, la route était moins longue puisqu'il leur suffisait de se tenir au carrefour de la piste Banfora-Douna et d'attendre le véhicule du marchand. Beaucoup de jeunes préféraient néanmoins pousser jusqu'à la ville où l'ambiance du marché permettait des rencontres familiales ou insolites, sans compter sur les nombreux attraits que présente, pour les jeunes du monde entier, toute ville en comparaison de la brousse. La vente des récoltes permettait d'être *« à l'aise »*, d'avoir une certaine autonomie financière. Un vélo flamboyant, empanaché de toutes parts, indiquait une récolte bien vendue. Des lunettes de soleil, une ceinture, des foulards, un lecteur de CD ou un MP3, voire un téléphone portable, constituaient des signes extérieurs de richesse qui faisaient la fierté des garçons et impressionnaient les jeunes filles.

Les jardiniers étaient organisés en groupements, un collectif créant un lien de solidarité fort entre les jeunes de chaque quartier. Le soir, autour d'un feu après l'entretien des plantations, les garçons restaient près de la rivière pour plaisanter, fumer et discuter de tout et de rien.

Entre les différents groupements il y avait parfois des rivalités, des jalousies. Alors, les rencontres dans les fêtes villageoises servaient de prétexte à des règlements de compte qui, s'ils étaient rarement graves, n'en étaient pas moins sévèrement réprimandés par les anciens.

Le projet des jardins avait séduit une Organisation Non Gouvernementale, une ONG dont l'une des expertes était venue en étudier la faisabilité. Une européenne d'une quarantaine d'années avait séjourné dix jours dans le village. Elle regardait tout, fouinait partout. Il était difficile pour les anciens de veiller à ce qu'elle n'aille pas sur les lieux de culte. Il lui arrivait de tomber nez-à-nez sur des sacrifices récents, des monticules de plumes de volailles ou sur des ossements encore dégoulinant de sang. Elle prenait un air dégoûté, poussant de petits cris mêlés d'étonnement et de peur qui amusaient tout le monde. Pour son travail, elle prélevait des échantillons de terre, parlant et écrivant beaucoup. Elle reprochait aux aînés, aux pères de famille, de ne pas être très enthousiastes. Les aînés auraient voulu prendre le temps de réfléchir, d'imaginer les jardins, de prendre des décisions en fonction des éléments sacrés qui peuplent la brousse.

Comme elle se mettait rapidement en colère, s'agitant considérablement, questionnant tout le temps sans attendre les réponses, ils avaient simplement donné leur accord. Pour avoir la paix avec elle...

Devant les jeunes, l'européenne proclamait :

– *J'ai maté vos vieux !*

Toujours est-il que pour une fois, les résultats ne se firent pas attendre trop longtemps et quelques mois plus tard, un peu perdu au milieu de l'abondant matériel de jardinage, des sacs de graines, des plants et des engrais, le sous-préfet de Banfora inaugurait le premier jardin potager subventionné, en compagnie de la technicienne de l'ONG visiblement émue.

Depuis, les jardins prospéraient avantageusement. Les anciens du village demandaient régulièrement des informations sur les potagers de la femme blanche. Ceux qui passaient par là considéraient longuement l'un ou l'autre des jardins, flânant entre les rangées de légumes et de fruits, goûtant les savoureuses oranges et plaisantant sur ce travail facile et qui rapporte bien.

Seul Kanima, le vieux guérisseur, témoignait de sa mauvaise humeur contre les herbes de plus en plus envahissantes dans le lit des petites rivières. Mais lorsqu'il croisait le regard de Bahilama, il lui souriait paternellement.

Le travail terminé les jardiniers aimaient se tremper et jouer dans le marigot. L'eau n'y était peut-être pas très claire mais elle était douce et rafraîchissante. Sous les grands arbres la baignade devenait un bain de jouvence.

– Hé ! Vous ne devriez pas ! C'est peut-être dangereux !

– Qu'est-ce qui te prend Bahilama ?

– Dangereux pourquoi ?

Les autres étaient déjà dans l'eau, ils riaient de bien être.

Bahilama se sentit ridicule. Il prit part à la partie de rigolade, mais ne plongea pas.

De retour à la concession les deux garçons se lavèrent avant de déguster le délicieux tô maïs préparé par la petite sœur, Baumani.

Obsédé par ses rêves étranges Bahilama décida de consulter prochainement un devin, seul capable de lui apporter des indices.

Sa mère se doutait bien de quelque chose : non seulement son fils avait l'air soucieux mais surtout, elle faisait des rêves déplaisants : son mari, assis à côté d'elle, lui reprochait le comportement de Bahilama.

– S'il ne veut pas m'entendre il y aura des problèmes.

Ce n'est que lorsque son fils annonça qu'il devait partir consulter le devin, qu'elle comprit mieux le sens de cette mystérieuse sentence.

Lorsqu'il arriva chez le devin Badjiouabi, « Que vais-je leur dire ? », il y trouva ses deux épouses et ses filles en train de travailler. Les femmes tissaient des feuilles de rôniers pour le futur toit d'une case en construction, pendant que les filles préparaient le repas. Elles rirent entre elles en reconnaissant

Bahilama. Il se doutait bien du sujet de leur moquerie. Le devin était l'un de ses parents : un fils de l'un des frères de sa mère. Du fait de son statut de cousin maternel il pourrait très bien, un jour, épouser l'une de ses filles. Ce serait même une opération financièrement très intéressante à défaut d'être un mariage d'amour. En effet, pour épouser une femme, un Turka doit payer une compensation matrimoniale, une dot, au père mais aussi à la branche maternelle de la future épouse. Si la future épouse est la fille d'un homme du clan maternel du futur marié, il n'y a rien à payer. Dans le village chacun sait quelles sont parmi les filles, les épouses idéales. Cela crée une situation cocasse entre les jeunes.

Bahilama se prêta volontiers au petit jeu de la séduction.

– Bonjour mes épouses ! Comment va la concession ?

– Bonjour mon mari, comment vont les parents ?, dit en gloussant la plus petite d'entre elles, qui devait avoir à peine dix ans.

– Yé ! toi ! Comment es-tu ? Tu me demandes comment vont mes parents sans avoir répondu à ma salutation ! Quel genre d'épouse tu seras ?

Et toutes de rire.

Sans cesser de tisser, assise sur une natte, les jambes croisées et allongées, l'une des femmes entreprit de remettre de l'ordre dans la coutume.

– Bahilama... sogou na inna ? (comment va la concession ?)

Bahilama ne put que répondre aux rituels et à la litanie des salutations imposées par sa parente pendant que, dans son dos, les filles continuaient à pouffer.

Enfin, il annonça son désir de voir Badjiouabi.

– Il est là, derrière, à construire une case pour tes épouses…, répondit la femme ce qui déclencha à nouveau l'amusement chez les adolescentes.

Bahilama, affichant une fausse confusion timide, s'empressa de rejoindre le devin…

L'oncle était en plein travail. Tout en le saluant Bahilama lui donna aussitôt un coup de main.

La construction d'une case comprend trois éléments essentiels : les fondations, les murs en briques de terre crue et le toit. Le toit est construit à part, calculé à partir de la circonférence de la case. C'est une superposition de bois taillés et de feuilles de rônier tissées puis assemblées comme pour des tuiles. Le tout est solidement attaché avec des liens confectionnés encore avec des feuilles de palmier. Lorsque tout est prêt, la main-d'œuvre masculine disponible dans le voisinage est prévenue et vient aider à soulever, transporter puis poser le toit sur la case. Il ne reste plus qu'à arrimer solidement le tout et à y installer une porte. Gare à celui qui aurait mal calculé la superficie nécessaire au toit, il en serait quitte pour reconstruire, à son choix, le toit ou les murs !

– Kyimagou ? (Aujourd'hui, qu'est-ce qui t'amène ?)

– Sisirou (La divination), dit Bahilama s'arrêtant de travailler.

– Mmmm… Gou fa la…, marmonna Badjiouabi tout en continuant d'ordonner méthodiquement et consciencieusement les fétus de paille de chaume de telle façon que le toit de la case soit véritablement imperméable. Il lui demanda d'attendre aux côtés des femmes en buvant une calebasse de vin de palme.

Les adolescentes avaient disparu. Il en fut soulagé. Il avait besoin de se concentrer.

Le vin de palme commençait à fermenter sérieusement, laissant un goût légèrement aigre.

Il entendit le bruit de la clochette qui servait à appeler les génies. Ce signal indiquait que le devin était prêt et l'attendait.

– Génie, lève-toi ! Un homme est venu. Je lui ai donné à boire. Je l'ai salué. Il a salué les gens de la concession.

Bahilama pénétra dans la toute petite case dédiée à la divination. L'ouverture en était particulièrement basse. À l'intérieur, des objets de toutes sortes, un vase, des plumes, des peaux d'animaux, étaient disposés en divers endroits. Un miroir placé devant le visage du devin lui permettait de comprendre les paroles des génies avec qui il conversait pendant la divination. Une calebasse contenait des cauris qui une fois jetés à même le sol, donnaient lieu à bien des interprétations. Contre le mur de la case un petit autel présentait des figurines grossièrement sculptées en argile. Çà et là étaient disposées des bouteilles contenant des plumes d'oiseaux et des liquides aux couleurs hétéroclites. Accrochée à la voussure de la case, une corde passant par un petit trou creusé dans une corne d'antilope descendait jusque dans la main du devin.

Bahilama prit place sur un tabouret face au devin assis sur une natte. Il déposa une pièce de cinquante francs CFA sur le sol. Ça n'était pas obligatoire mais c'était apprécié.

– Il a posé sa monnaie ! Est-ce que les génies peuvent l'aider ? Est-ce que les génies peuvent lui dire la nature de son problème ? Oui ? Nous allons chercher le but de la visite de celui qui a déposé l'argent… Est-ce qu'un scorpion a piqué quelqu'un ? Est-ce que c'est un petit problème ?

La main gauche du devin frappa par deux fois celle de Bahilama.

– Non ?… Est-ce un serpent alors ? Y a-t-il danger de mort ?

Cette fois-ci, la main gauche frappa une seule fois.

– Oui ?

Bahilama se sentit très mal. Qu'avait-il fait ? Qui avait-il offensé à ce point pour se trouver en danger de mort ?

Le devin saisissant la corne d'antilope d'un geste leste et sûr, l'envoya glisser le long de la corde jusqu'au faîte du toit. La tenant fermement, il se concentrait. Alors la corne d'antilope commença à descendre doucement, très doucement. Il semblait qu'elle descendait toute seule. Puis elle s'immobilisa. Le devin gardait les yeux clos. L'expression d'une douleur physique sur son visage métamorphosé inquiétait Bahilama. Au bout d'un temps qui parut incroyablement long, la corne d'antilope commença à tourner sur elle-même, comme suspendue dans le vide. Les traits du devin se creusèrent un peu plus encore. Bahilama transpirait énormément et les gouttes de sueur inondaient son front et sa bouche. Sa chemise était trempée.

La corne cessa de tourner.

Le devin parla :

– Père de Bahilama, c'est toi qui choisis ce que tu veux que ton enfant fasse. Maintenant tu es sous la terre, c'est toi qui vois. Ce que tu veux que ton fils fasse, nous, nous ne pouvons pas le faire à sa place… Le génie n'est pas content. Il est sous les pieds de ton fils… Si ce n'est pas toi qui le lui dis, il ne le croira pas. C'est pour le bien, mais si rien n'est fait, ce sera pour le mal…

La corne d'antilope chuta à terre d'un coup sec. Le devin rouvrit les yeux brusquement.

Cette fois-ci le message apparaissait clairement à Bahilama : son père le chargeait d'être le lien avec le génie de l'eau, l'ancêtre fondateur des Turkas.

Le crocodile, Namou.

Comme si de rien n'était le devin engagea la conversation.

– C'est fini… Tu as chaud, mon fils… Tu as appris des choses ?

Sa question était sincère : lorsqu'ils sortent de la transe les devins turkas ne gardent aucun souvenir des paroles du miroir des génies. Bahilama était sous le choc, incapable de dire quoi que ce soit.

– C'est étrange… continua Badjiouabi, souvent il y a des offrandes à faire pour… réparer… mais là, toi, non, il n'y a rien… peut-être la prochaine fois.

Il acquiesça poliment, le remercia et sortit de la case, abasourdi.

Bahilama voulut se laver dans une calebasse d'eau. L'une des adolescentes la lui apporta. Puis se dirigeant vers la sortie de la concession il retrouva le groupe des femmes en compagnie de trois hommes qui venaient d'arriver. Deux de ces hommes étaient des habitants du quartier de Cieran situé à l'extrémité est du village de Toumousséni. Le troisième faisait immédiatement curieuse impression : de toute évidence, il était jeune, cependant ses manières de se tenir et particulièrement de trembloter de la tête, laissaient croire à un vieillard. Son visage ne lui était pas inconnu, mais il était incapable d'affirmer qu'il le connaissait. Quand Bahilama lui attrapa maladroitement la main pour le saluer, elle lui sembla fragile au point de pouvoir se briser.

– Je te connais… Non ?

– *Je suis Fambi* « Avec quoi serai-je bien ? » *du quartier de Neloukoussouni. On est allé à l'école, on a fait « le banc » ensemble à Banfora. Je me souviens bien. On riait tous les deux quand les filles voulaient savoir ce qu'on se racontait et que l'un de nous deux répétait la phrase du dessin animé « Le Roi-Lion ».*

– *Oui bien sûr que je me souviens aussi ! La phrase de Scar : « c'est notre petit secret »... C'est ça !*

Fambi éclata de rire et se mit à tousser péniblement.

Fambi ? Soudain, il comprit. Il en était sûr !

Le sida.

Son camarade de classe avait contracté cette saloperie de maladie, ce sorcier, cette peste qui dévore les enfants de l'Afrique.

– *Fambi ? tu... tu étais où, ces derniers temps ?*

– *Ouaga*[3]*... je suis revenu ici parce que physiquement, je n'en peux plus... le vieux croit que je suis ensorcelé par... enfin... de toute façon, je sais bien que ce n'est pas ça.*

– *Bon... Tu restes au village jusqu'à quand ?*

– *Jusqu'à la fin.* Mou dji koulou (Je vais mourir).

Fambi souriait.

Bahilama se ressaisit.

– *Bon... Je vais venir te voir chez ton père... Je viendrai demain.*

Fambi hocha la tête en approuvant.

En fin d'après-midi, Bahilama repartit avec son frère pour jardiner dans les potagers, comme presque chaque soir.

L'ambiance était la même qu'au matin : arroser, arracher les mauvaises herbes, récolter, frénétiquement, en plaisantant.

Le soleil déclina soudainement comme d'habitude dans ce coin du monde et les uns après les autres, les jeunes abandonnèrent leurs seaux et leurs houes pour se rassembler sous les

---

3 Ouaga : diminutif de Ouagadougou, la capitale du Burkina.

arbres qui bordaient le marigot. Bahilama commandait à son frère des travaux supplémentaires qui de toute évidence n'étaient pas nécessaires, retardant le moment du regroupement avec les autres.

– Hé ! Bahilama ! Tu vas donc travailler jusqu'à la nuit ?

Les jeunes attendaient tous que l'aîné des jardiniers se joigne à eux. Bahilama ne pouvait y échapper.

C'était l'heure des moustiques. Ils firent un petit feu histoire de compliquer les attaques des insectes.

– Cette année, la récolte est abondante, dit Tinibi. Si on se débrouille bien nos mères seront contentes. Mais si on laisse faire, seuls les singes seront satisfaits.

Les recettes de la vente des fruits et légumes sont partagées avec la mère. Cela crée une complicité de plus entre les mères et leurs garçons et une certaine jalousie de la part des pères de famille !

Les autres approuvèrent. Même les plus jeunes qui, s'ils n'ont pas vraiment droit à la parole, peuvent se manifester par des cliquètements de la langue sur le palais.

– Je propose donc que nous organisions un tour de garde. Deux d'entre nous resteront la nuit auprès du feu avec un fusil. Si les singes viennent se nourrir, on tire. La détonation devrait au moins les faire fuir.

Bahilama gardait le silence. Comment aborder le problème du crocodile ?

L'un d'eux, qui n'avait pas très envie de rester la nuit dans les jardins près du marigot, exprima enfin des doutes :

– La nuit, les génies bougent. Je ne sais pas s'ils seront contents de nous voir rester ici. C'est peut-être dangereux.

– Et si on demandait conseil aux vieux ?, ajouta un garçon, également peu enthousiaste à l'idée de dormir dans la brousse.

– Les vieux, les vieux ! Ce ne sont pas les vieux qui cultivent les jardins, dit Tinibi.

– Oui, mais ce sont eux qui savent comment calmer les génies…, dit Bahilama, presque malgré lui.

Les jeunes se rangèrent facilement à son avis. Il en profita :

– Vous savez, le crocodile n'est pas loin. Bientôt, il va faire ses petits. Ce n'est pas prudent de rester ici la nuit. Pendant quelque temps au moins il vaudrait mieux éviter de faire autre chose que notre travail…

– … Et laisser les singes le détruire…, grogna Tinibi.

– … Ngou... (Oui), ajouta Bahilama avec appréhension.

Cela laissait les autres perplexes. S'ils travaillaient pour rien, il valait mieux faire autre chose. Les légumes et les fruits sont précieux et fragiles. Laisser les singes s'empiffrer, c'est ne plus respecter son travail.

Bahilama écoutait. Il avait suffisamment parlé. Peut-être trop !

L'un des jeunes se leva pour partir :

– Le crocodile, cela fait des années que plus personne ne l'a vu. Les vieux nous font peur avec cette histoire mais on n'est même pas sûrs qu'il y ait un crocodile là-dedans, dit-il en jetant une pierre dans le marigot.

– Taakalahi ! (Bonne nuit à tous !). Moi je rentre, je ne dors pas là !

– Taakalahi !, répondirent en cœur tous les autres.

– Gou fa la ! Ngafen n'sogou ! (C'est bien ! Salue les gens de chez toi !).

Bahilama se leva à son tour.

Les uns après les autres, les jardiniers quittèrent le groupe pour prendre chacun le chemin de la concession.

La mère de Bahilama brûlait de demander à son fils ce qu'il avait appris de la séance de divination. Mais elle ne voulait pas l'inquiéter en le pressant de questions, alors elle attendait.

Quant à lui, il essayait d'oublier cette histoire.

Dans les jardins, les singes avaient saccagé quelques pieds d'aubergines, provoquant les jurons des garçons. Mais plus personne ne parlait de rester la nuit. Tous considéraient au fond d'eux-mêmes, même Tinibi finalement que, si Bahilama n'était pas d'accord, la chose ne pouvait pas se faire. Après tout c'était lui l'aîné.

CHAPITRE II

Cependant un matin où les deux frères étaient partis travailler avant le lever du jour, un événement se produisit qui allait changer le cours des choses.

En cette toute fin de nuit, ils arrivèrent les premiers près du marigot. Bien qu'il fît encore sombre, la brousse était comme éclairée par les reflets de la lune. Çà et là, des taches mouvantes se dessinaient dans les arbres immenses qui bordaient le cours d'eau. Il y avait du bruit, des cris, des gloussements et des halètements de plaisir : les singes étaient encore en train de se délecter de tomates presque mûres, prêtes à être cueillies pour la vente. Bahilama sauta de son vélo, ramassa une pierre et courut vers eux en les invectivant. Il gueulait et les animaux lui répondaient par des cris stridents. Bahilama continua sa course à travers le champ, sauta par-dessus la palissade en fixant son regard, malgré le peu de visibilité de l'aube naissante, sur l'un des primates. Le singe sauta de branche en branche et traversa sans paniquer la petite rivière. Bahilama sentant qu'il allait s'échapper lui lança la pierre si fort qu'il en fut déséquilibré et dégringola dans l'eau au milieu des grandes herbes qui poussaient dans le marigot en un endroit particulièrement bourbeux.

N'y voyant plus rien, cédant à la panique, il s'enfonçait dans la boue qui entrait par tous ses orifices. Ses efforts pour se relever étaient vains. Enfin, se raisonnant et cessant de se débattre, il reprit sa respiration. Il ne voulait surtout pas que son frère vienne à son secours. Il aurait eu l'air ridicule.

– Ohé ! Bahilama ? Ça va ?, cria anxieusement Orombi de l'autre côté de la palissade.

– *C'est bon !,* répondit-il, plus ou moins sûr de lui.

Bahilama touchait le fond du bout des pieds. Il trouva la souche qui convenait et rassemblait ses forces pour se hisser lorsqu'il vit dans l'eau, à un mètre de lui, deux yeux brillants dans la pénombre. Il s'arrêta net, le souffle coupé, le regard figé sur cette paire d'yeux. La chose le regardait. Bahilama comprit que c'était un crocodile. Il n'osa plus bouger.

La bête recula lentement, puis dans le point du jour sonore, elle émit un grognement sourd avant de disparaître sous l'eau.

D'un bond, poussé tout autant par sa musculature que par la peur, Bahilama remonta sur le talus et s'affala dans les herbes.

– Qu'est-ce-que c'était ce bruit bizarre ?

– Tu… tu as entendu, toi aussi ? dit Bahilama en se relevant. Je ne sais pas… Je ne sais pas… Allons ! Ne raconte pas ça aux autres... Mettons-nous au travail !, dit-il s'efforçant de reprendre ses esprits.

D'autres jardiniers arrivaient à présent. Bahilama leur expliqua simplement, masquant mal son trouble, qu'il était tombé dans l'eau en poursuivant un singe, ce qui fit rire tout le monde et créa une bonne ambiance dans le groupement.

Ne cessant de repenser à cette affreuse rencontre trempée, il partit du champ avant les autres laissant son frère rentrer avec un des camarades.

Qui pouvait l'aider ? Qui ?

Parmi les anciens du village il y en avait un qu'il aimait bien. Il décida de rendre visite au vieux Poupouteli sans doute l'homme le plus âgé du village.

Il n'y avait personne lorsqu'il arriva à la concession de Poupouteli. C'était un pauvre endroit bâti de trois cases délabrées avec un manguier qui persistait à pousser et sous lequel on pouvait s'abriter du soleil. La cour était comme blanchie par la chaleur, par la sécheresse et par la poussière. Il n'y avait plus ni femmes ni enfants dans cette concession et Poupouteli ne pouvait plus travailler depuis bien longtemps. Pour subvenir à ses besoins fondamentaux il dépendait de la générosité de parents éloignés et des voisins proches. Personne pour rénover les cases et le sol. Parfois de petits enfants, filles et garçons, s'occupaient du vieillard. On ne sait s'ils étaient commandés par un parent resté vigilant sur l'état de santé du vieux ou s'ils venaient de leur propre initiative. C'était comme une volée de petits oiseaux qui débarquait soudainement dans la cour, le réclamant, l'appelant sans discontinuer, frappant énergiquement à sa porte pour le réveiller. Lui qui restait allongé presque toute la journée, cela l'obligeait à se lever. Alors, l'une des petites filles décidait s'il fallait entrer dans la case de Poupouteli ou s'il devait en sortir. En les entendant le vieux riait de bonheur tendant les mains pour toucher les visages poupons de ces agnelets. Ceux-ci en profitaient pour se saisir de lui et pour le porter là où ils l'avaient décidé. Une petite bande se mettait alors à nettoyer la case pendant que les autres toilettaient le vieil homme. Oh cela ne se passait pas plus de trois fois par an, mais c'était très efficace. Et suffisant. Les enfants exerçaient leur art avec attention et humour. Ils commentaient doucement qui les ongles acérés de ses pieds, qui la crasse incrustée derrière les oreilles du vieil homme. Ils le faisaient sans se moquer. Poupouteli les écoutait, se laissait faire tout heureux que l'on s'occupe de lui de cette façon. Il renchérissait même, exigeant d'eux que lorsqu'il mourrait ils viennent lui couper les ongles des pieds avant ses funérailles.

Bahilama appela plusieurs fois. En vain.

– Soit il est mort, soit il dort.

Il cogna à la porte de la petite case. N'obtenant pas de réponse il ouvrit. Le vieux était étendu par terre sur une simple natte. Il pouvait être mort.

– Mu vumvon ? ou doisi ? (Mon aîné ? tu dors ?), demanda avec appréhension le jeune turka.

Enveloppé dans une chemise grossièrement taillée, le corps allongé remua légèrement ce qui le rassura :

– C'est moi, Bahilama Hié. Je suis venu te rendre visite…

– Viens m'aider à me lever au lieu de me regarder comme si j'étais une femme à prendre…

Le vieux redressa lentement sa petite tête barbue en émettant des petits bruits de contentement et de surprise.

– Bahilama... Bahilama ? Du clan des Hié, comme moi. *Voui, voui...* Je te connais...

Bahilama entra dans la case et souleva délicatement ce corps léger comme un fétu de paille. Aveugle, le vieux le scruta du regard sans pouvoir le voir. Poupouteli souffrait d'une simple cataracte. Mais personne ne le savait et, de toute façon, que pouvait-on y faire dans ce pays perdu, où la maladie la plus simple à guérir dans les pays riches devient vite l'élément déterminant de la destinée des hommes ?

– Allons sous le manguier, il y fait bon, ajouta-t-il en s'appuyant sur le bras de Bahilama.

Il n'y avait pas loin entre la case et l'arbre mais il fallut cinq bonnes minutes pour que l'ancêtre puisse y arriver. Bahilama se cala sur son allure, à ses côtés.

Il aida Poupouteli à s'asseoir sur un tabouret le dos contre l'arbre. Ils se firent les salutations d'usage et Bahilama s'installa en face de lui, répondant sans impatience à ses questions rituelles.

Enfin, Poupouteli demanda :

– Kyimagou ? (Aujourd'hui, qu'est-ce qui t'amène ?)

Cette phrase n'était pas vraiment une interrogation, plutôt un code invitant poliment le visiteur à expliquer les raisons de sa visite.

L'aîné des jardiniers parla longuement et en détail de son problème. Poupouteli écoutait, la tête penchée vers le sol, les yeux fermés. De temps en temps il ponctuait le récit du jeune homme par des « mmmm », « yééé ? ». Il fut très amusé par la chute dans la rivière et la rencontre étrange avec le crocodile. Lorsque Bahilama eut terminé son histoire, Poupouteli marqua un temps de silence. La gravité se lisait sur son visage de vieil homme.

– Mou non la… Gou fa la ! (J'ai entendu… C'est bien !) dit-il. Bahilama ? Tu es le fils de Isinima, « Les yeux sont sur moi ». Sais-tu ce que ça signifie ?

– Je ne sais pas. Mon père est mort il y a dix ans, au Ghana.

– Ton père est mort parce qu'il est parti du village.

– Oui je sais bien, dit-il agacé par cette rengaine villageoise. Pourtant ce n'est pas interdit de quitter le village… Les jeunes partent souvent pour travailler en Côte d'Ivoire…

– Tu dis la vérité. Mais ton père avait une très lourde responsabilité, il ne pouvait pas partir. Il n'en a pas tenu compte…

Bahilama restait silencieux pendant que Poupouteli eut un petit rire convulsif :

– Le génie de l'eau, Namou, le crocodile, il était furieux ! Celui qu'il avait choisi pour parler avec les Turkas, ton père... l'avait abandonné… Alors, nos récoltes furent mauvaises... pendant des années ! Je me souviens que nombre de nourrissons mouraient, si petits, si petits... dit-il en rapprochant ses deux mains ridées l'une de l'autre. Et puis, le néli moré, le sacrificateur du village et les sacrificateurs de chaque quartier du village, les poumou moré, ont trouvé une solution... provisoire...

Un instant ému, Poupouteli se reprit.

– Enfin ! Je sais que ton père en avait assez du village. Il voulait voir du pays, voyager, sortir d'ici. Même ta mère ne pouvait le raisonner. Pourtant celui que le génie de l'eau choisit doit rester au village.

Bahilama sentit une boule de colère se former au fond de sa gorge. Rester au village pour toujours ? Ne rien voir d'autre ? Il comprenait très bien que son père ait pu décider de passer outre les règles ancestrales. Lui aussi voulait partir. Il avait envisagé très sérieusement d'aller travailler et vivre en Côte d'Ivoire. Comme les autres garçons du village, comme tous ceux qui vivaient un temps, parfois longtemps, du côté d'Aboisso dans le sud de la Côte d'Ivoire, à des centaines de kilomètres de Toumousséni.

Le vieux se redressa et se frotta le crâne :

– Je ne veux pas t'en dire plus. Va voir les autres ils te diront !

– Poupou ? Est-ce que mes rêves signifient que le crocodile m'a… choisi ?

– Bahilama… – Poupouteli haussa les épaules – Tu ne connais pas le sens de ton nom ? Le mien est simple : Poupou… les ordures, « Né sur les ordures »… Tu vois ? Mon père désespérait de voir tous ses enfants mourir à la naissance : les sorciers les « mangeaient ». Il a voulu les tromper en me déposant sur le tas d'ordures de la maison dès que je suis sorti du ventre de ma mère. Ahahah ! Les sorciers ont cru que j'étais déjà mort… Ils ne m'ont pas mangé…

Le vieux riait de ce qui semblait être une bonne blague. Puis il s'essuya les yeux avec sa chemise sale.

– Ton père savait bien avant ta naissance que Namou l'avait choisi. Il refusait cette faveur, mais il n'a pas résisté à laisser sur toi la trace de son propre destin : « Ba-hila-ma », (C'est sorti sur moi) et c'est le génie de l'eau qui est sorti… Est-ce que tu comprends ou bien es-tu un triple idiot ?

Les noms sont donnés par les pères des enfants. Par quelques simples mots, ils traduisent une pensée du père, toujours liée à un événement pénible qu'il a vécu. Ainsi, ce nom est comme une révélation spontanée de ce qui affecte ce père. On parle alors de « nom de peine ». Et, ainsi les enfants partagent le fardeau de la vie de leur père.

Plus rarement, le nom a une connotation directement mystique, comme celui porté par Bahilama.

Il ne faisait pas cas des moqueries de Poupouteli.

– Qu'est-ce que je dois faire ?

– Tu dois m'aider à rentrer dans ma case…, dit le vieillard en souriant.

Pourquoi le vieux Poupouteli ne voulait-il pas en dire plus ? Il le prit dans ses bras. Du vieux se dégageait une odeur assez désagréable d'urine et de noix de cola, pourtant c'est lui qui fit une réflexion à ce sujet :

– Mon garçon tu pues ! L'odeur du crocodile est sur toi ! Je te conseille de te laver avant d'aller voir nos filles… Hi hi hi...

Bahilama insista.

– Parle-moi encore ! Dis-moi ce que je dois faire !

– Non !… Je ne suis pas de ce village… Je suis un étranger…

Poupouteli venait de Bodadiougou, un petit village situé sur les falaises à une vingtaine de kilomètres au nord. Il y a une trentaine d'années il était venu vivre ici, à Toumousséni pour assurer la continuité d'une partie de son lignage.

– Tu te tais parce que tu as peur... C'est ça ?, dit Bahilama pour le provoquer.

– Moi ! Peur !

Poupouteli se débattit pour qu'il le dépose à terre.

– Je n'ai peur de rien ! Regarde-moi ! Est-ce que tu vois des fétiches protecteurs sur moi ? Alors que toi-même tu as au moins une bague « anti-sorcier » au doigt et je ne sais trop quels objets enchantés dans tes poches pour te protéger de tes ennemis...

Bahilama était confus. Il avait réussi à le mettre en colère.

– ... Je n'ai peur de rien... mon fils ! ... Je suis tellement vieux que je suis moi-même un koulou ! (un fétiche !) C'est tout !

Se cramponnant aux murs et au chambranle de la porte, le vieux rentra comme il le put dans sa case, laissant Bahilama seul.

Il partait lorsqu'il entendit la voix du vieux qui l'appelait du fond de sa case.

– Mon fils ? ... Ba-hiii-laaa-ma ?

– Oui ?

– ...N'oublie pas de te laver, tu pues...

Et le vieux de s'étouffer de rire.

Bahilama haussa les épaules en levant les yeux au ciel. Poupouteli blaguait. Il n'était donc pas réellement fâché...

Le vieux Poupouteli...

Le jeune homme passa les jours suivants à se morfondre.

Partir ! Pour les jeunes le rêve c'est de travailler et vivre en Côte d'Ivoire quelques précieuses années pendant lesquelles les garçons prêtent leurs bras aux oncles maternels. Ce sont eux, les frères de la mère ou un homme du clan en tenant lieu, qui financent la compensation matrimoniale, la fameuse dot des neveux qui se marient. En échange les jeunes turkas engagent leur force de travail dans les champs de coton, de café ou de cacao des oncles, dans la région d'Aboisso au sud de la Côte d'Ivoire, vers le Ghana. Alors seulement après cette période, le retour au village est glorieux ! Sans cela pas de salut… Pas de mariage… Pas d'enfants : Tout juste vivoter en agriculteur célibataire.

Même si Bahilama n'était pas sûr de vouloir travailler sur les plantations de l'oncle maternel, il était pour le moins décidé à travailler en Côte d'Ivoire !

Ou ailleurs !

Mais si les vieux étaient convaincus que « le crocodile est sorti sur lui », il devrait rester au village ! Sinon, les pires catastrophes arriveraient.

S'il partait malgré tout ou plutôt, s'il fuyait, que deviendrait sa mère ? Ayant refusé de se marier au frère de son mari à la mort de celui-ci, comme l'exige pourtant la coutume, elle était quelque peu marginalisée au sein du clan. Affrontant les sarcasmes elle disait ouvertement ce qu'elle pensait :

– Je ne serai pas l'esclave d'un allié… Je suis trop vieille pour plaire à un homme. Je préfère rester seule.

Les oncles avaient fermement protesté : ceux du côté maternel ainsi que les frères de son père. Les anciens avaient même proféré des menaces à son encontre. Avec ses trois enfants la veuve offrait plus d'intérêt que la première beauté du village. Trois enfants ! Deux garçons qui pouvaient travailler immédiatement et une fille que l'on pourrait marier ! Si elle persistait à vouloir rester célibataire, la tradition exigeait qu'au moins, elle donne ses enfants à son clan.

Même ça elle l'avait refusé.

Les oncles maternels tentaient d'enjôler Bahilama mais il avait peur et n'était pas loin de penser que l'un d'eux voulait l'ensorceler. Sa mère en avait beaucoup ri, le laissant dépité.

– Mon frère ? Ton oncle ? Un sorcier ? Non vraiment je crois qu'il n'y a que l'argent qui l'intéresse !

– Et alors ? Justement ! Il pourrait m'ensorceler pour l'argent !

– Mais pour cela, encore faut- il que nous en ayons… de l'argent ! Or nous sommes pauvres !

Il n’était pas entièrement convaincu par les arguments de sa mère. La crainte du vieux était la plus forte.

Ses trois oncles maternels étaient très différents les uns des autres. Le plus âgé était celui dont il se méfiait le plus. Régulièrement malade il passait son temps sous l’abri de sa concession, dans un fauteuil en bois de rônier, mangeant peu, ne buvant que de l’eau, somnolant le plus souvent. Lorsqu’il se sentait mieux il partait en Côte d’Ivoire inspecter ses plantations de café et de cacao. Il en ramenait un neveu ayant suffisamment travaillé ou y conduisait une nouvelle recrue. Pour faire ce long voyage il louait pour lui tout seul le meilleur taxi de Banfora, une 605 Peugeot aux vitres fumées, climatisée et blindée. Il engageait un garde pour se protéger pendant tout le voyage. De fait, la voiture essuyait parfois des tirs provenant de brigands sévissant sur les routes du pays. Le garde n’avait jamais eu à utiliser son arme à feu, mais cela rassurait le vieil homme.

Lorsque Bahilama lui rendait visite, il était examiné dans les moindres détails comme une marchandise, un objet convoité. Fort, musclé, de bonne taille, en bonne santé, il ferait un bon travailleur.

Robuste mais aussi intelligent :

– Pourquoi ne viendrais-tu pas sur nos plantations d’Aboisso ? Tu sais lire et écrire, tu connais bien la langue des Blancs, tu pourrais devenir un bon contremaître.

Certes flatté de cette proposition mais prétextant qu'il ne voulait pas abandonner sa mère, il se contentait de sourire à la proposition du vieux. Et de ce fait, il avait fini par s’attirer ses foudres. Les visites restaient courtoises mais au final, le vieux reprochait systématiquement l’attitude incompréhensible de Bahilama.

– N’oublie pas que tu es mon héritier… N’oublie jamais ça… Si ma sœur ne veut pas devenir l’épouse du frère de ton père, ce n’est pas ton problème. Toi, tu nous appartiens, ta sœur et ton frère aussi, disait l’oncle d’un ton menaçant.

Le second quant à lui, était encore plus agressif. Régulièrement il surgissait dans la concession en exigeant que son neveu vienne travailler dans ses champs. Il ne se séparait jamais d’un bonnet basque qu'il portait parfaitement de travers, ce qui lui donnait une allure martiale.

– Ma sœur ! criait-il, demande à ton fils de venir immédiatement avec moi ! J'ai besoin de lui pour nettoyer le champ !

S'il se trouvait absent, on se démenait pour ramener Bahilama à cet oncle tyrannique.

Alors Bahilama obéissait, prenait sa houe sur son épaule, enfourchait le vélo familial et suivait l'oncle. Au travail il se faisait continuellement houspiller. Soit il ne labourait pas assez vite ou trop vite ou pas assez bien ou…

– Regardez ce broussard ! Ce bon à rien ! Un sauvage ! *Voilààà !* Vous avez devant vous celui qui refuse d'être Turka ! Avant de penser à toi pense à ton clan ! Tu nous fais honte !

Les autres observaient la scène. Tous plaignaient leur cousin qui décidément n'avait pas la vie facile. Mais pas un ne se révoltait contre l'oncle.

Jamais.

Le troisième était un soûlard, un buveur de vin de palme et de bière de mil, « le dolo ». Il passait son temps dans les *cabarets*, lieux de consommation aménagés dans les concessions des forgerons où les femmes préparent la boisson et en font le commerce. Il était lui aussi marginalisé et se sentait plutôt proche de son neveu.

– Toi et moi nous sommes pareils, disait-il, provoquant la honte de Bahilama qui ne se sentait pas du tout semblable à lui.

Allongé sur son lit de paille dans sa petite case, il regardait son poster. Maintenant il avait les yeux rivés sur le string de la femme blanche.

Comment allait-il se sortir de cette histoire de crocodile ?

– Bantingou (Bonjour lorsqu'il est midi).

La petite voix douce le fit sursauter.

– Ta Blanche là, elle est étroite des hanches ! C'est pas elle qui fera de beaux enfants !, dit une jeune fille au regard profond, souriant ironiquement face au poster.

Bahilama se contenta de la regarder bêtement.

– Bahilama, je suis venue te voir…

Les deux jeunes se firent les salutations d'usage. Tiésala « Il n'y a rien » est une adolescente de seize ans. Sœur de Fambi, c'est une fille futée, les garçons disent d'elle qu'elle est *moderne*, ce qui veut dire qu'elle a souvent de bonnes idées. C'est elle qui a suggéré de passer des accords avec les grossistes pour la vente des récoltes maraîchères.

– Mon frère Fambi a demandé après toi…

– Fambi ?

Il avait promis de lui rendre visite et il ne l'avait pas fait ! Il se leva d'un bond et enfila l'une de ses trois chemises suspendues à une branche de rônier faisant office de cintre.

Deux tee-shirts impeccables, l'un frappé du drapeau américain et l'autre vantant la Brakina, la bière burkinabè symbolisée par une sorte de yin et de yang, trois autres destinés aux travaux des champs, deux shorts, un pantalon noir et un autre blanc, en lin, très chics, pour les soirées dansantes, complétaient sa garde-robe. Dans la précipitation, il enfila un short devant la fille médusée d'apercevoir les fesses du garçon et même... un peu plus.

– Je vais le voir tout de suite. I dj'i ba doini (À plus tard).

On se verra tout à l'heure.

Alors qu'il partait, Tiésala, un peu troublée, examina encore le poster accroché au mur de la case et haussa les épaules. Orombi, qu'elle n'avait pas vu s'approcher, ferma la porte et fixa la fille avec un air de reproche. Elle haussa les épaules une nouvelle fois, lui tira la langue et s'en alla.

À vélo Bahilama ne mit pas plus de vingt minutes pour arriver à l'autre bout du village,

Deux poules se querellaient au milieu de la cour de la concession. Il semblait n'y avoir personne. Bahilama frappa dans ses mains.

– Bonjour ! Il y a quelqu'un ?

Personne ne répondit. Il s'avança et vit une porte de case ouverte. Fambi était là allongé sur son lit, les yeux exorbités, le visage émacié.

– *Bonjour mon ami. Comment tu vas ? Entre, entre dans la case du mourant...*

Il souriait ce qui accentuait plus encore les rides de son maigre visage. Bahilama s'installa sur une chaise pliante et prit la main de Fambi dans la sienne.

– *Excuse-moi Fambi. J'aurais dû venir plus tôt...*

– Gou fa la... *Y'a pas de problème... Tu es là, c'est l'essentiel.*

– *Quelle est ta maladie ?*, demanda-t-il anxieusement alors même qu'il connaissait la réponse, tant le corps décharné allongé sur une natte recouverte d'un fin matelas en mousse était explicite.

– *C'est le sida... Je suis foutu... les prostituées... Enfin... bref...*

Bahilama savait que le sida s'attrapait aussi et surtout en ayant des rapports sexuels non protégés.

– *C'est dommage...*

Fambi se mit à rire. Rire le faisait souffrir plus encore.

– *Bahilama... mon ami... Peux-tu faire quelque chose pour moi ? Voilà : mon père, il est persuadé que si on fait un sacrifice au génie de l'eau, je peux guérir... C'est faux évidemment mais... Je voudrais lui faire ce plaisir. J'ai... j'ai entendu dire que... tu as des relations spéciales avec le croco...*

Bahilama était stupéfait. Il lui serra la main un peu plus fort et continua la conversation en langue turka.

– Comment tu sais ça ?

– Depuis hier on ne parle que de ça. On dit que tu es tombé dans l'eau et il paraît que tu étais tout bizarre...

Il était consterné. Qui avait parlé ? Ce ne pouvait pas être le devin, ni le petit frère Orombi, alors ? Poupouteli ?

Il n'écoutait plus son ami qui racontait combien il respectait son père et toutes les traditions des Turkas, mais que ce n'était pas ça qui guérirait les gens du sida.

– *... Alors ? Tu veux bien ?*

Fallait-il le contrarier ?

– *Ok... Je verrai ton père...*, dit Bahilama sans y croire un seul instant.

– Gou fa la. *Je suis fatigué... Laisse-moi maintenant, tu veux...*

Fambi souriait. Il s'enfonça moins douloureusement sur son lit.

Bahilama sortit, aveuglé par le soleil de midi qui écrasait toute vie alentour. Ainsi, tout le monde savait. Ça le dépassait. Il ne pouvait réfléchir plus que ça.

« *Merde !* » conclut-il.

Accroupi à l'ombre de l'une des cases, Orombi passait le temps. Il frappait sans ardeur le sol avec une pierre. Bahilama descendit de vélo, s'essuya le visage avec la manche de son tee-shirt et vint s'asseoir à côté de son frère.

– Il y a une réunion tout à l'heure dans les jardins, dit Orombi.

– Une réunion avec qui ? … Et pourquoi ?

– C'est Tinibi qui est venu porter la nouvelle tout à l'heure. Il dit qu'il faut que tous les jardiniers du groupement soient présents.

Embarrassé, Orombi parlait doucement, d'une voix pratiquement inaudible comme pour ne pas embêter son frère.

– Allons, j'ai un reste de riz dans ma case, tu veux venir manger ?

Les deux jeunes turkas rentrèrent dans la case fraîche de Bahilama. Silencieusement, ils partagèrent le frugal repas et s'endormirent dans une sieste agitée par la chaleur et les mouches qui cherchaient à profiter du relâchement des garçons pour récolter les sucs de leurs peaux transpirantes.

Dehors, les doudougla, ces oiseaux de l'espèce des coucals, colorés de vert, portant un ventre blanc crème, chantaient leurs lents et profonds « plouplou » mélancoliques.

Enfin, le soleil déclina. Il était temps de rejoindre les jardins maraîchers. Orombi se faisait le plus léger possible à l'arrière du vélo. Ils étaient encore à une centaine de mètres des premiers jardins et déjà ils entendaient des conversations sonores. Le brouhaha qui se dégageait des feuillages ne laissait aucun doute, il y avait du monde.

Sans se presser, suivi de près par son frère, Bahilama s'approcha du groupe d'où il identifiait les voix des adultes présents. Celle du vieux guérisseur dominait toutes les autres : Kanima était dans ses plus mauvais jours. Coiffé d'un bonnet musulman, revêtu d'une djellaba, il tenait dans sa main gauche, sa plus puissante canne de contre-sorcier. Fabriquée spécialement pour lui par les forgerons, la pointe de fer retournée vers le ciel, cette canne ressemble à un outil alors qu'elle est faite pour montrer la puissance du guérisseur dans sa lutte contre les sorciers. S'habiller « en musulman » est une ruse pour tromper les éventuels sorciers.

Pour les Turkas il valait mieux rencontrer Kanima l'esprit tranquille. La moindre faute commise plus ou moins volontairement, – l'envie de se venger en constituait une sérieuse – pouvait devenir dans l'imaginaire de chacun une source de culpabilité. Même s'il était rare d'être accusé de sorcellerie de son vivant, la peur de l'être était omniprésente.

Si le grand guérisseur du village s'était décidé à venir ainsi habillé c'est qu'il y avait un problème. À ses côtés, le néli moré, responsable héréditaire de toutes les coutumes villageoises, avait endossé sa grande tenue traditionnelle de chasseur, manifestation ostentatoire de sa puissance magique. Les autres hommes étaient pour la plupart pères ou oncles des jeunes jardiniers. Il y avait là une dizaine d'adultes et une vingtaine de jeunes garçons. Bahilama ne saisissait pas encore le sens de la conversation, mais à en juger par les gestes démesurés des adultes et des jardiniers, la tension était palpable. Les jeunes surtout s'agitaient comme s'ils étaient prêts à en découdre.

Le néli moré l'aperçut enfin :

– Bien, voici l'aîné des jardiniers, c'est à lui de nous dire !

Évidemment Bahilama ne savait pas ce qu'on attendait de lui et pour se donner le temps de la réflexion, il entama les salutations d'usage avec le néli moré. Celui-ci y répondait avec une certaine irritation. Mais l'aîné des jardiniers était décidé à faire du zèle. Il écoutait en même temps d'une oreille ce que se disaient les jeunes qui maugréaient contre les anciens. Lorsqu'il en fut à lui demander si ses fiancées étaient en bonne santé, provoquant l'hilarité générale chez les garçons, Kanima, les yeux rieurs, s'approcha de lui et le regarda bien en face :

– Mon fils nous avons à parler.

Brandissant sa canne magique il ordonna à tout monde de s'asseoir :

– Cela fait plusieurs années que vous cultivez ici. Vous utilisez l'eau, la terre, le bois. Avec vos potagers vous avez réussi ce que ni nos ancêtres ni nous-mêmes n'ont pu faire : conquérir une certaine liberté vis-à-vis de nous, vos aînés... C'est bien ! Nous sommes fiers de vous ! Et vos mères aussi !

Il y eut quelques murmures moqueurs parmi les jeunes.

Virulent, le néli moré intervint :

– C'est bien et en même temps c'est une mauvaise chose !

Les jeunes recommencèrent à s'énerver.

– Taisez-vous ! dit Kanima. Qu'est-ce que vous croyez ? Si nous, vos aînés et vos pères, nous estimons que c'est aussi une mauvaise chose, vous devez nous écouter !

Le silence revint au sein du groupe des maraîchers. Kanima et le sacrificateur de la terre du village, le néli moré, échangèrent des regards convenus puis ce dernier reprit la parole :

– Oui vous vous enrichissez mais vous ne mesurez pas les conséquences de votre enrichissement...

– Regardez autour de vous ! renchérit Kanima. Vous avez cultivé, vous avez défriché, vous avez déboisé, vous avez puisé l'eau de la rivière...

Son statut d'aîné donnait à Bahilama le droit d'intervenir sans en recevoir l'autorisation :

– Mon aîné ! Tous les ans nous faisons les sacrifices nécessaires que vous nous demandez. Nous payons les poules, le bouc, la chèvre, avec notre *fric* ! Avec l'argent de nos récoltes. Jusqu'à présent cela n'a posé aucun problème. Alors pourquoi aujourd'hui vous les vieux, vous cherchez des histoires avec les jardins ?

Surpris d'une telle audace, Kanima et le néli moré le dévisagèrent avec grand étonnement.

– … Je te demande de te taire !, s'exclama le néli moré, d'un ton mal approprié.

Kanima reprit ses récriminations :

– Je vais vous montrer, je vais vous montrer le mal que vous faites ! Regardez ! Regardez-les ! Nos ruisseaux ! Regardez le marigot ! Aujourd'hui tout est presque comblé par les herbes ! Ces herbes ce sont vos graines. Ce sont les graines de vos fruits, les graines de vos légumes. Ce sont vos engrais ! Bientôt, encore quelques années et il n'y aura plus d'eau ici !

Kanima sortit du cercle formé par les garçons assis non loin de la rive. Du bout de sa canne, il montra le lit du marigot envahi par les hautes herbes. Les jeunes ne comprenaient pas. Bahilama baissait la tête une nouvelle fois, une fois encore. Kanima continuait ses sévères explications :

– Vous utilisez abondamment les arbres en bordure du talus sans vous soucier de ceux qui vivent dans ces arbres ! Vous avez coupé les branches pour faire du feu, pour solidifier vos palissades. Aujourd'hui je vous le dis, les génies de lieux sont partis ! Qu'avez-vous à répondre à ça ?

Le néli moré croisait les bras, affichant un visage d'une extrême gravité. Personne n'osait répondre à la place de Bahilama qui persistait à perdre son regard entre ses pieds.

Kanima continuait :

– Je vous dis que même le premier des génies, le crocodile, Namou ! Même lui est parti !

Bahilama leva les yeux. C'était donc ça ! Ça sentait le piège. Comme le lui disait Poupouteli, soit il comprenait, soit il était « un triple idiot » ! Les vieux n'attendaient que cela, qu'il dise avoir croisé le crocodile...

Le mutisme persistant de Bahilama obligea le néli moré à le provoquer :

– Tu es l'aîné des jardiniers ! Vous ne pouvez pas continuer à travailler ainsi en saccageant la terre des génies...

À nouveau, les jeunes jardiniers s'agitaient et murmuraient entre eux. Les vieux avaient-ils décidé de prendre le contrôle des jardins ? Parmi les plus grands, certains parlaient de « *foutre la merde au village* si ça continuait comme ça... ».

– Ne vous énervez pas, dit le néli moré. Nous trouverons une solution. D'ailleurs nous demandons à Bahilama de venir au tribunal villageois, après-demain. En tant que responsable coutumier du village et en tant que délégué du village je te convoque !, dit-il en le désignant.

Bahilama lui sourit ironiquement. Chez les Turkas, personne n'a le pouvoir d'obliger qui que ce soit à obéir. Chacun fait à peu près ce qu'il veut même si, depuis 1983, l'État burkinabè a imposé à chaque village du pays d'élire un chef politique et à se doter d'un Président administratif et judiciaire. Le plus souvent, chez les Turkas le Président est aussi le responsable des coutumes, le néli moré donc. Il faut bien le dire, au village de Toumousséni comme ailleurs dans tout le pays turka, le responsable des coutumes n'a de pouvoir que celui attribué par ses ancêtres. Et, de ce point de vue, chaque Turka peut faire valoir les pouvoirs de ses propres ancêtres. Chacune et chacun sait cela dès la plus tendre enfance. Évidemment ce n'est pas sans créer des problèmes de police ! Les jugements à l'amiable rendus lors des tribunaux publics ne sont pas des parties de plaisir pour le néli moré de Toumousséni.

L'un des jeunes se leva fièrement et courageusement, brisant ainsi la férule des deux adultes. Il alla chercher ses seaux, descendit sans rien dire à la rivière pour puiser de l'eau. Presque aussitôt il fut imité par les autres garçons. Seul Bahilama resta assis. Le néli moré fit signe aux adultes de partir. Se tournant vers lui, il dit :

– Nous nous verrons après-demain...

Les jardiniers travaillèrent comme à leur habitude, tout en faisant des commentaires acides sur l'attitude des adultes.

Bahilama comprenait parfaitement la stratégie du néli moré et de Kanima : aujourd'hui ils voulaient lui faire comprendre qu'ils étaient informés de sa rencontre accidentelle avec le crocodile. Dans deux jours ils allaient forcément exiger de lui autre chose.

Le travail terminé, les jeunes se regroupèrent dans la petite clairière à côté de la rivière. Certains allumaient une cigarette, d'autres croquaient un fruit.

– Tu vas t'y rendre à cette convocation ?, demanda Tinibi.

– Je n'ai pas le choix... Si je décide de ne pas y aller, j'en connais qui vont se frotter les mains...

– Jamais je ne laisserai les vieux prendre nos jardins !, dit l'un des jeunes en frappant un arbre de son poing.

– Ils n'oseront pas !, dit un autre.

Pour Bahilama, le jour qui suivit fut un incessant défilé de jeunes garçons venus de tout le village pour lui manifester leur solidarité. Il essayait de rassurer les jardiniers : les anciens ne pouvaient pas leur confisquer un tel travail.

Le surlendemain donc, en arrivant sous le grand manguier situé devant les cases du néli moré, il constata qu'il y avait beaucoup de monde. Même si cela faisait longtemps qu'il n'avait pas assisté à une séance du tribunal public, il ne se rappelait pas avoir vu une assistance aussi fournie !

Se dirigeant vers le centre de la petite place, il serra quelques mains au passage, celles des jeunes jardiniers du groupement bien sûr, mais aussi celles de quelques vieux qui se précipitaient pour le féliciter. « Mais de quoi ? » Il alla s'asseoir sur un banc à côté d'un autre Turka qui le salua longuement. C'était le banc des accusés.

Le néli moré sortit de sa concession. En sa qualité de délégué, il est chargé de la bonne tenue du conseil de village qui s'occupe des affaires courantes non-criminelles. Délégué du village et également responsable de la terre, sacrificateur au nom des ancêtres fondateurs du village, il doit rendre la justice et arbitrer les décisions. Chaque semaine, sous ce grand manguier, il passe une matinée entière à régler les discordes et les problèmes de ses concitoyens.

À ses côtés, pour l'assister, siège le chef administratif et politique du conseil de village. On l'appelle *« le chef »*. Celui-ci a été élu par les villageois de Toumousséni après une procédure cocasse. En effet, lorsque le gouvernement burkinabè engagea le processus d'un État administrativement et politiquement mieux structuré, – en 1983 donc – chaque village dans tout le pays dut organiser des élections pour élire son *« chef »*.

Dans le pays turka, cela posa un vrai problème. Ici, ce qui importe le plus c'est l'unité familiale liée au culte des ancêtres. Chaque personne appartient avant tout à sa famille, puis à son clan, ensuite à son quartier et à son village et enfin à son ethnie – et encore, ce critère peut changer, même si le fait est marginal – accessoirement à l'identité burkinabè.

Toujours est-il qu'à Toumousséni, personne ne voulait se présenter au suffrage des villageois. Le sous-préfet de Banfora se déplaça lui-même pour organiser le scrutin. Il menaça les Turkas d'une forte amende collective s'ils refusaient d'organiser les élections. Pour éviter ces désagréments le conseil villageois décida de présenter la candidature de l'un des hommes les moins influents du village. Élu avec 100 % des voix, cet homme était devenu petit à petit l'une des figures comiques de la société villageoise. Doté d'une très grande gentillesse, *« le chef »* était incapable de faire preuve d'autorité. Au fond il ne dirigeait absolument rien.

Le néli moré s'installa dans son fauteuil, jeta un coup d'œil dans l'assistance ne laissant rien paraître de sa satisfaction quand il vit Bahilama.

La première affaire jugée était celle d'un père de famille qui refusait d'effectuer les travaux collectifs du village avec les autres membres de son quartier. Des travaux indispensables de voirie ou de construction et d'entretien de l'école et du dispensaire. À l'annonce de son nom, le petit homme qui, jusque là, était assis à côté de Bahilama s'avança aux côtés du néli moré.

Après avoir rappelé le contexte de l'affaire, le néli moré lui proposa de s'expliquer. Il y avait sur son visage une expression un peu bébête qui amusait tout le monde. Sa naïveté était-elle feinte ?

– Personnellement, je n'ai rien contre les travaux collectifs, dit-il. Je suis même pour... – des rires étouffés fusèrent dans l'assemblée – Par contre, ce que je regrette c'est qu'à chaque fois que l'on vient me chercher, je veux dire me chercher pour effectuer les travaux collectifs, eh bien ma femme est couchée et je suis au lit avec elle…

Il laissa tomber ses bras le long de son corps, dans un claquement de dépit. Un bruissement amusé se fit à nouveau entendre.

Le néli moré se pencha légèrement vers *« le chef »* du village. Celui-ci souriait béatement.

– Est-ce vrai ?, lui demanda le néli moré.

« Le chef » du village réfléchissait, les mains croisées sur son ventre :

– En tout cas, lorsque nous allons le chercher pour travailler, il est couché.

Les gens rirent de plus belle. L'accusé lui-même esquissa un sourire narquois et le néli moré avait un peu de mal à garder son sérieux :

– Bon, écoute-moi bien. C'est le dernier avertissement. Les travaux collectifs sont essentiels pour notre village. Toi comme les autres, toi comme moi, nous devons participer au développement de Toumousséni. La prochaine fois que *« le chef »* viendra te chercher pour travailler tu ne seras pas couché avec ta femme !

Chacun dans l'assistance approuva la décision, y compris l'accusé qui affirma qu'effectivement la prochaine fois il se débrouillerait pour être debout...

– Gou fa la !

La bruyante mobylette de Kanima pétaradait. Cette fois-ci il était habillé en guérisseur classique : pas de bonnet musulman, pas de djellaba, pas de canne magique. Tous se retournèrent pour voir arriver le guérisseur-contre-sorciers qui, les yeux brillant d'excitation, s'installa près du néli moré, annonçant enfin la deuxième affaire :

– La culture des jardins au bord du Mou[4] par nos jeunes a des conséquences désastreuses. Le marigot est devenu impraticable sur une bonne partie de sa traversée du village. Les herbes

4 Nom du marigot.

l'ont envahi. Les génies sont partis. L'assèchement menace. Le conseil des anciens exige que les jeunes changent leur manière de cultiver. Les Turkas de Toumousséni, mais aussi les Karaboros du village voisin de Tangrela et les Peuls des campements alentour ne peuvent supporter ça plus longtemps. Je m'adresse ici à l'aîné des jardiniers. Bahilama ? Que comptes-tu faire ?

À nouveau il y eut un brouhaha. La tension monta d'un seul coup. Sans se lever du banc, dans un geste de dépit Bahilama releva la tête, ses yeux errant sur la dernière branche du manguier, se demandant ce qu'il allait bien pouvoir dire.

Le néli moré savait ce qu'il voulait obtenir et le jeune turka envisageait lucidement la suite des événements. D'ici quelques instants, il deviendra le détenteur de la relation crocodile-turka. Prendre son temps pour répondre était la seule façon pour lui de tenter de s'esquiver ! Le silence pesant gênait tout le monde.

Seul Kanima s'en amusait.

Enfin :

– ... Je crois que les anciens ne comprennent pas ce qui se passe. Jusqu'à présent, nous les jardiniers, n'avons jamais eu de reproches. Vous dites que les génies sont partis mais ce n'est pas vrai.

Dans l'assemblée, pères et anciens protestèrent. Comment un type aussi jeune peut-il donner des leçons sur les génies ?

Le néli moré entretenait le suspense. Il invita les protestataires à témoigner. L'un d'eux prit alors la parole pour dire qu'il avait constaté des changements considérables ces dernières années. Oui, en effet, les génies sont partis ! Lui-même habite dans le quartier de Cieran, bien plus au nord que le Mou. Là-bas aussi les marigots sont obstrués d'épaisses herbes folles à cause des jardins que les jeunes y cultivent :

– À Toumousséni les cultes aux génies sonnent aux abonnés absents et fonctionnent aussi mal que les téléphones cellulaires !

À l'arrière, les jeunes s'énervaient. Certains souhaitaient que Bahilama soit plus agressif. D'autres disaient que pour être agressif dans cette circonstance, il fallait oser intervenir soi-même, ce qui neutralisait les velléités des plus opiniâtres... Le néli moré demanda le calme, menaçant de reporter le débat à plus tard et d'interdire aux jeunes d'y assister. Un autre vieux cria dans l'assemblée :

– Les génies sont partis ! Ils ne sont plus là ! Comment je le sais ? Il suffit de se promener au bord des marigots pour constater combien les lieux de nos ancêtres sont dévastés !

Bahilama voyait les membres du lignage de sa mère dans l'assemblée. Les frères et les oncles de sa mère... ils riaient... ils semblaient se gausser du ridicule de la situation du neveu. Tout d'un coup, dans l'assemblée, la voix claire et féminine de Tiésala se fit entendre :

– Les jardins potagers ont été décidés avec l'ONG ! S'il y a un problème demandons à l'ONG de revenir nous aider !

Elle était debout juchée sur un tronc d'arbre, toisant tout le monde.

– D'accord ! Je suis d'accord ! criait le néli moré, demandons à l'ONG de revenir aider les jeunes à mieux travailler les potagers !

Kanima s'avança sur le devant de la scène. Il jubilait.

– .. *lôaingé ?* C'est bon, mais ce n'est pas ça qui fera revenir nos génies !

Il fixa le jeune homme qui soutint son regard. Kanima attendait quelque chose de lui, il le savait...

Posément, Bahilama prit sa respiration. Oui, il allait leur donner maintenant ce qu'ils attendaient tous :

– Je sais ce que vous voulez entendre ! Non, les génies ne sont pas partis... il y a quelques jours j'ai moi-même rencontré le crocodile...

Kanima s'assit à ses côtés.

Un murmure inquiet, solennel, monta de l'assistance. Le néli moré se leva.

– Vous avez tous entendu ! dit le guérisseur qui n'attendait évidement que cette déclaration. Bahilama affirme que le crocodile est toujours présent parmi nous ! Néli moré ! Arrête la séance ! Les anciens doivent se concerter maintenant !

Le brouhaha changea de ton. Les vieux étaient joyeux. Pour eux, la nouvelle du retour du génie de l'eau signifiait bien autre chose qu'un événement zoologique. Elle était comme une histoire maintes fois racontée, oubliée par le temps, effacée de la conscience et qui enfin, à la faveur d'une surprise, reprend la place qu'elle n'aurait jamais dû perdre. Les plus jeunes, eux, ne comprenaient à peu près rien si ce n'est que la présence du crocodile signifiait surtout un danger lié à l'animal lui-même, réputé indestructible, capable d'attaquer et de dévorer sur place n'importe lequel d'entre eux.

Bahilama se leva à son tour avec l'idée saugrenue de reprendre son vélo pour rentrer chez lui. Mais Kanima le rattrapa rapidement l'obligeant à le suivre. Il riait. Il riait comme s'il venait de faire une bonne farce. De ses deux mains, le tenant par le bras il l'entraîna dans la concession du néli moré. Troublé, Bahilama ne pouvait rien faire d'autre que de le suivre.

– C'est... c'est le vieux Poupouteli qui a tout raconté ?

– Mon fils, tu crois que Kanima a besoin de quelqu'un pour connaître ces choses ? – Il le serra un peu plus fort – ...Viens avec moi... Gou fa la !

En réalité, Tinibi, son fils, lui avait mis la puce à l'oreille. Lorsqu'il avait raconté à la cantonade les avertissements proférés à propos de la baignade puis la culbute de Bahilama dans le marigot et combien, – Tinibi en plaisantait allègrement – l'aîné des jardiniers était perturbé par cette chute soit-disant anodine, Kanima avait eu l'intuition d'une probable rencontre... Ce dont il avait eu la conviction peu après, tout autant par les rêves qu'il faisait qu'en observant la figure inquiète de Bahilama lors de la réunion des jardiniers.

Dans la concession, les responsables des coutumes et des sacrifices des différents quartiers du village, les poumou moré, étaient déjà installés. L'oncle paternel de Bahilama restait debout, les bras croisés, l'air mécontent. Le vieil oncle maternel entra à son tour dans la concession en marchant difficilement. Respectueusement Bahilama serra la main de tous.

Le néli moré du village arriva benoîtement, mâchant une arachide fraîche :

– Bahilama, explique-nous ce qui t'est arrivé avec Namou, le crocodile.

Kanima hocha la tête, il pouvait parler en toute confiance. Bahilama prit place à son tour sur un tabouret qu'un enfant lui apporta et expliqua à l'assemblée les rêves faits ces dernières semaines et la rencontre aquatique avec le crocodile.

Tout en parlant il analysait la situation. Les vieux ici présents étaient suffisamment puissants pour causer des tas d'ennuis à sa famille. Pour l'heure, leur attitude semblait bienveillante. Seul l'oncle maternel paraissait offusqué par ce que racontait son neveu.

Lorsqu'il eut terminé son récit, les membres de l'assistance le remercièrent et lui serrèrent la main, y compris ses oncles. Kanima fut le dernier à s'exécuter de cette manière comme pour enlever, par sa poignée de main vertueuse, les éventuels maléfices déposés par les uns et les autres.

Les vieux entretenaient un oppressant silence.

Une femme de la concession apporta un bidon de vin de palme et une calebasse. Une petite fille déposa un panier d'arachides fraîches. Chacun but, non sans avoir fait couler quelques gouttes du liquide sur la terre, manière africaine de saluer les ancêtres du lieu.

Bahilama ne put faire plus que d'y tremper les lèvres.

Le néli moré prit très cérémonieusement la parole pour rappeler le rôle du crocodile, génie de l'eau, l'un des principaux génies du panthéon turka, celui de Bancol le premier Turka de Toumousseni, ancêtre de l'actuel néli moré. Bancol avait l'habitude de rendre visite au crocodile :

– Lui-même vient de Nangou, génie du marigot, précisa le néli moré. Je le dis pour toi Bahilama, car nous les vieux nous connaissons évidemment cet épisode de notre histoire… Bancol est une partie du marigot… nous venons tous du marigot. En ces temps anciens, le crocodile et Bancol étaient comme deux frères...

Il rappela ensuite comment Namou entre en contact avec les hommes, par le rêve, la vision ou le contact direct. Depuis toujours le crocodile choisit librement celui qui a sa faveur. L'élu n'est pas forcément issu du lignage des néli moré. La preuve, autrefois il avait choisi le père de Bahilama.

Les vieux approuvèrent les paroles du responsable des coutumes qui parlait calmement, clairement, pour bien faire comprendre à Bahilama l'importance de la situation.

– Pour nous les Turkas, Namou, c'est la santé, la promesse de nombreuses naissances, le bonheur, ajouta-t-il, les yeux pétillants. Mais à cette harmonie, il y a des conditions. Celui qui est désigné doit les respecter. Dans le cas contraire, il le paye ! Lui très vite, mais aussi tout le village… et c'est bien ça le plus grave… Les vieux approuvèrent une nouvelle fois. Bahilama ! ton père avait été choisi. Il est parti du pays et il en est mort… C'était un homme bon, généreux, très intelligent. Mais il a négligé les traditions et les coutumes du village. Tu le sais ?

Bahilama attendait la suite.

Kanima prit la parole à son tour.

– Mon fils, ton père est venu me voir en rêve pour me demander de te protéger. Tu dois maintenant faire ce qu'il te demande. Namou te veut. Respecte ça ! Ton père exige que le mal qu'il a fait malgré lui lorsqu'il a négligé la tradition, soit réparé. C'est à toi maintenant.

Les rêves de Kanima, métaphores de ses voyages souterrains, tour à tour expressions de ses luttes contre le mal ou de l'ordre du monde, faisaient autorité. Nul ne s'autorisait à en contester l'interprétation qu'il en donnait.

Les accusations contre son père avaient le don de l'énerver. Il ne voulait surtout pas céder à l'injonction qui se profilait.

– Et si je refuse ?

Les vieux piaffèrent. D'une voix chevrotante et pourtant agressive, l'oncle maternel de Bahilama intervint.

– Vous voyez bien qu'on ne peut pas lui faire confiance ! C'est un usurpateur, un menteur ! Je demande son…

Kanima lui coupa sèchement la parole :

– Tais-toi ! Tu oublies que si ton neveu est un menteur, alors je suis son complice !

L'oncle, profondément contrarié se confondit en excuses.

– Gou fa la ! Ça va comme ça !, ajouta fermement Kanima, balayant d'un revers de main toute autre possibilité.

Une voix s'éleva :

– Si tu refuses ce que Dieu, Dounou, te donne, tu mets en danger la vie de ta famille, de tes amis, de nous tous et de toi-même…

Tout de même, pensa Bahilama, ça fait beaucoup pour une seule personne… Mais, en regardant mieux celui qui venait de parler, il comprit : C'était Sifati le père de Fambi. Il vit son regard désespéré. Bahilama ne croyait pas en la guérison de son ami. En Afrique, le sida était plus que jamais une maladie mortelle, avec ou sans le crocodile !

– Si j'accepte, est-il vrai que je ne pourrai jamais partir en Côte d'Ivoire ?

– En tout cas dit le néli moré, pas avant qu'un autre Turka ne soit lui aussi lié à Namou.

– Dans ce cas je refuse…, dit-il avec aplomb.

L'assemblée s'énerva à nouveau. L'oncle, requinqué, se gaussait en se frappant les cuisses.

Kanima restait calme. Il parla à l'oreille du néli moré qui l'approuva immédiatement :

– Tu souhaites partir en Tougouni, (Côte d'Ivoire) comme les autres, pour travailler sur les plantations de ton oncle maternel. Ainsi, comme les autres garçons du village tu pourras ensuite revenir et fonder une famille. Ton oncle maternel est chanceux de pouvoir compter sur toi. Et toi-même tu es chanceux de pouvoir partir gagner ton mariage chez un oncle qui travaille bien, dit-il doucereusement.

Bahilama se rendait bien compte que ces paroles étaient juste flatteuses. De toute façon, s'il voulait partir ce n'était pas tant pour travailler sur les terres de l'aîné de sa mère, que pour voyager, trouver du travail, faire des économies et se construire une vie indépendante du village, en Côte, à Banfora ou... en France, pourquoi pas ?

L'oncle ne cessait de bougonner : le neveu voulait maintenant partir sur ses plantations alors qu'il était trop tard ! Quel imbécile !

Le néli moré continua :

– Les traditions turkas sont ainsi faites... Celui qui porte Namou doit rester au village. Mais puisque tu es encore célibataire je propose que la dot de ton mariage soit versée par la communauté des quartiers du village…

Nul ne s'attendait à ça !

Le village de Toumousséni est divisé en sept quartiers. Au nord celui de Nélikoussouni, le « ventre » du village, d'où vient Bancol, le fondateur. Au centre le quartier de Ciéran. À l'ouest, ceux de Souramougo et de Tangoulou, celui du clan du néli moré. Au sud le quartier de Tapana où habite Kanima et enfin à l'est, Tapéri et Klamou où vit Bahilama. Les sept sacrificateurs des quartiers observaient Bahilama avec attention.

La compensation matrimoniale, la dot, est élevée chez les Turkas. Pour épouser une fille il faut débourser l'équivalent d'un million de francs CFA, plus de mille cinq cents euros. Le mariage turka a la réputation d'être le plus cher de tout le Burkina-Faso. Mais si le coût est divisé par sept… alors… Les responsables de la terre des quartiers ne bronchèrent pas à cette annonce qu'ils ne pouvaient pourtant pas accueillir de bon cœur...

– Je peux réfléchir ?

– Tu peux réfléchir… mais tu n'as pas le choix…, précisa le néli moré.

Bahilama aurait voulu que Kanima vienne à son secours mais le vieux guérisseur était en pleine réconciliation avec l'oncle maternel. Ils plaisantaient ensemble.

Il imaginait les conséquences qu'aurait son refus sur la vie de sa mère, sur son frère et sur sa sœur bientôt en âge d'être épousée.

– Je demande une semaine de réflexion !, dit-il.

Kanima parla à nouveau à l'oreille du néli moré qui prit ensuite la parole :

– Gou fa la ! Nous te laissons le temps de réfléchir ! Mais si tu refuses... Bon ! Pour ce qui est des jardins potagers… Je vais prévenir le maire de Banfora que nous voulons faire revenir la femme blanche de l'ONG…

Tous les vieux se levèrent pour partir. Bahilama était soulagé. Il avait cinq jours, une semaine du calendrier turka pour y voir clair…

Pour Kanima la cause était entendue. Bahilama acceptait d'être le médiateur entre le crocodile et les hommes. Il le félicita de son air malicieux :

– Tu as bien fait d'accepter !

– Je… je n'ai pas encore accepté…

– Bien sûr que si…

Kanima sourit et passa la main droite, celle qui sert à faire le bien, dans la chevelure frisée du Turka.

– …et c'est bien. Va parler de tout ça avec tes amis, avec ta mère. Viens me voir à la sogou, quand tu veux… Salue bien les gens de ta concession pour moi…

Kanima attrapa sa mobylette et démarra lourdement.

Bahilama ruminait les pensées les plus sombres : il lui fallait quitter le village. Immédiatement !

Il s'enferma dans sa case, sortit un sac de voyage et commença à y mettre ses effets personnels.

Voilà ce qu'il allait faire : marcher jusqu'à la piste, faire du stop jusqu'en Côte d'Ivoire. Une fois là-bas il chercherait du travail chez les transporteurs. Il n'était pas question de rester ici toute la vie.

Derrière la porte de la petite case, sa mère appela :

– Ouma ! (Il y a l'eau).

Bahilama ne répondit pas.

– Laisse-moi te parler !

Bahilama poussa le sac dans un coin du lit et ouvrit la porte. La mère posa le seau d'eau tiède et entra. Elle s'assit sur le bord du lit et regarda autour d'elle. Elle vit le sac de voyage, les habits absents du cintre en rônier. Elle jeta un œil distrait sur l'affiche de la femme en string.

Debout, Bahilama fixait l'horizon... triste et en colère.

– Mon fils ? Tu vas partir ?

– Ngou. (Oui)

– Ah bon ? … Tu pars et tu vas nous laisser comme ça ? Comme ton père alors ?

La mère parlait très doucement, pour apaiser les humeurs ravageuses de Bahilama qui décrocha un morceau de paille du toit de sa case et le porta à sa bouche.

– Si tu pars la honte sera sur nous, sur moi, sur ton frère et ta sœur. Tu dois accepter la décision du génie et de ton père...

La femme se leva et se cramponna aux mains de son fils.

– Tu crois vraiment que cette histoire de crocodile est importante ?, dit-il, sans chercher à se dégager de l'étreinte de sa mère.

– …Le génie de l'eau est très puissant…

– Il n'y a aucune preuve que ce soit mon destin ! Si ?

De toutes ses forces elle rejeta les mains de son fils en arrière :

– Très bien ! Demain au lever du jour, nous irons ensemble demander ce qu'il en est au génie de l'eau. Tu jugeras par toi-même…

Elle quitta la case subitement dans une sorte de colère que son fils ne pouvait comprendre. La mère voulait empêcher le renouvellement du processus qui avait causé la perte de son mari.

Il se retrouva en tête-à-tête avec ce mystère et son sac de voyage. Exténué il s'écroula sur son lit.

CHAPITRE III

La nuit était encore profonde lorsqu'elle vint le réveiller. Il se leva péniblement. Groggy de ses tourments, il ne s'était pas déshabillé de la veille. En sortant, il la vit, revêtue de ses plus beaux pagnes, le regardant sévèrement :

– Lave-toi et habille-toi correctement…

Il se prépara rapidement, sans discuter. Elle lui donna deux bananes :

– Avale ça, tu iras mieux ensuite.

Ils partirent à vélo. Elle le guida dans l'obscurité sur un chemin qui mène au nord du village, à la limite du quartier de Nélikoussouni. Laissant le vélo contre un arbre, ils continuèrent à pied dans la brousse pendant une vingtaine de minutes, sans se parler.

Le jour se levait dans une pâle lumière lorsqu'ils arrivèrent enfin dans une brousse envahie par les halliers. Écartant les branches la mère se frayait un chemin. Elle savait où elle était et où elle allait. Lui, craignant de déchirer son beau pantalon, avançait avec précaution. Enfin, soupirant de satisfaction, elle se mit à genoux au bord d'un petit marigot qui coulait doucement, dissimulé sous une végétation touffue d'arbustes et d'épineux.

Son fils se tenait debout à ses côtés.

De nombreuses plumes sur le sol, de petits monticules de terre érigés et ornés de cauris – les coquillages qui servaient autrefois de monnaie d'échange – indiquaient qu'un culte régulier se tenait en cet endroit.

Elle défit de ses cheveux un turban qu'elle dénoua, d'où elle sortit un petit sac en papier contenant trois noix de cola ainsi qu'un sachet en papier.

– Mets-toi à genoux à côté de moi.

Il obéit en prenant soin de remonter les jambes de son pantalon pour ne pas le salir.

Elle cassa chacune des noix de cola en deux morceaux qu'elle posa délicatement dans la boue du ruisseau. Puis, elle ouvrit le paquet qui contenait une poudre noire et le versa dans l'eau.

– Ni Dounou ni tountonaba (Dieu et les génies), mon fils, ne sont avec moi. Montrez-lui le chemin qu'il doit suivre. Il est avec l'eau des marigots, comme vous. Montrez-lui son yourma, sa force vitale, en apportant l'eau dans les marigots. Montrez lui son youfoulo, les paroles de son ventre, « qui il est », depuis toujours.

Elle laissa filer le paquet vide dans l'eau et se remit debout. Bahilama se releva à son tour en s'époussetant les genoux.

– Que va-t-il se passer maintenant ?

– Il va pleuvoir, dit la mère. Ce sera la preuve que ton destin est bien ici, au village ! Non ?

Bahilama haussa les sourcils. Pleuvoir ? Au mois de janvier, en pleine saison sèche, ça il ne pouvait y croire !

Quand ils revinrent à la sogou, Orombi était déjà parti au jardin.

Par curiosité Bahilama scruta le ciel qui évidemment était d'un bleu immaculé. Sa mère ne semblait pas s'y intéresser et vaquait à ses occupations comme si de rien n'était.

Baumani apporta un plat de semoule de fonio fine délicieusement préparée avec une sauce aux feuilles de haricots. Bahilama se restaura dans la solitude de sa case.

Il n'avait guère envie de rejoindre les autres aux jardins. Il entreprit de faire l'entretien des outils qui attendaient dans un coin : houe, sabre, couteaux. L'un des couteaux trop abîmé pour être simplement aiguisé nécessitait l'art du forgeron, le flan bié.

Le flan bié et son fils travaillaient. Bahilama posa le vélo et se baissa pour entrer sous la forge. Détenteurs des grands rites d'initiation, les forgerons sont liés au génie de l'eau et aux génies de la terre qui, dit-on, leur ont montré les différentes techniques d'extraction du fer.

L'enclume de ces travailleurs du fer est considérée par les Turkas comme un puissant fétiche à qui l'on confie aussi bien la santé des nouveau-nés que la vengeance contre celui qui vous fait du mal. Un Turka ne s'aventure jamais à toucher l'enclume du forgeron, il risquerait de devenir impuissant ou de souffrir de maux de reins.

Le forgeron salua son visiteur tout en continuant son travail, pendant que son fils actionnait une manivelle faisant tourner une roue de bicyclette qui telle un ventilateur, provoquait astucieusement une bouffée d'air sur les braises ardentes de la forge.

– Alors ? J'ai entendu dire que tu as des soucis ?

– J'ai des soucis avec ce couteau. Peux-tu me le remettre en état ?, somma Bahilama qui n'avait guère envie de parler d'autre chose.

Il prit le couteau que lui tendait le Turka et l'inspecta consciencieusement.

– Mmmm… C'est vrai que ce n'est pas un bon couteau pour faire les sacrifices, dit-il un brin moqueur… Je vais t'arranger ça. Assieds-toi. Tu veux une calebasse de dolo ?

Avec la chaleur étouffante de la saison sèche, la soif était constante. Le forgeron appela sa femme qui apporta aussitôt la bière de mil.

C'était bon, tiède et sucré.

Bahilama sirotait en regardant les braises incandescentes du feu et les gestes précis du forgeron qui façonnait la lame rougie puis la saisissait dans un seau d'eau et recommençait, la regardant avec sévérité puis progressivement avec de plus en plus de satisfaction. Une heure après, le couteau se trouva comme neuf. Il paya et s'apprêtait à partir quand un roulement de tonnerre se fit entendre.

– Tiens ? l'orage arrive ?

Le forgeron se pencha pour regarder le ciel. De vigoureux nuages noirs s'amoncelaient dans le ciel.

– Étonnant ! Je n'ai jamais vu la pluie à cette période de l'année...

L'aîné des jardiniers regarda à son tour. Le ciel était de plus en plus sombre. Au loin, les éclairs zébraient de partout. Soudain, de grosses gouttes commencèrent à dégringoler sur le sol chaud, soulevant par centaines de tout petits nuages de poussière.

Bahilama se rassit, affichant bien malgré lui un air de dépit. Le forgeron sortit de la forge pour mieux admirer le spectacle. La pluie était maintenant très forte et empêchait de voir au loin.

Le phénomène réjouissait le vieux forgeron qui demanda à ce qu'on apporte une autre calebasse de bière de mil. Ils restèrent ainsi tous à l'abri près du feu de la forge, se passant la calebasse de dolo tiède de main en main, la pluie battante empêchant de se parler. Ce silence quasi-religieux était une bénédiction.

L'orage était d'une rare violence. En quelques minutes, l'eau forma des flaques d'eau importantes et des avalasses se creusèrent spontanément. Moutons et chèvres se réfugiaient sous le minuscule et précaire abri du toit des cases. Dans le flou du rideau de pluie, un enfant à vélo avançait coûte que coûte. Criblé de gouttes d'eau, il se dressait de tout son poids à chaque coup de pédale, fournissant beaucoup d'efforts pour ne pas tomber. Les gouttes rebondissaient sur ses épaules puis dégoulinaient le long des jambes et des chevilles. Le forgeron et Bahilama regardaient cet enfant courageux se rapprocher petit à petit. Il arriva enfin à la forge, prit le temps de mettre son vélo à l'abri, repris sa respiration puis salua respectueusement.

Le forgeron lui tendit la calebasse de bière de mil.

– Qu'est-ce qui t'amène ?

– J'ai un message pour Bahilama, de la part de Fambi. Il veut que tu viennes le voir, le plus vite possible.

Le gamin prit le temps de boire. Bahilama lui tendit un mouchoir propre et sec.

– Essuie-toi avec ça. J'irai dès que ce sera fini.

L'orage se calma enfin mais pendant plus d'une heure encore, les abats d'eau se déversèrent sur toute la région. L'enfant s'était calé près du feu de la forge et se séchait doucement. Le forgeron reprit son ouvrage pendant que Bahilama somnolait tristement.

Lorsque la pluie cessa, Bahilama enfourcha son vélo et pédala à travers les flaques de boue et d'eau du village. Il s'arrêta pour voir un marigot qui débordait anarchiquement.

– *Quel merdier...*

La mère et la sœur de Fambi s'apprêtaient à partir au puits. Il salua tout particulièrement Tiésala qui le regardait malicieusement.

– Tu n'as pas été très gentil avec moi l'autre jour !, dit-elle tout en posant une bassine en aluminium sur la tête.

– Hmm ? – Il ne se souvenait plus – Aïe ! C'est vrai que tu voulais me voir, je crois.

– C'est toi qui voulais me voir !

– Pas du tout ! osa-t-il, c'est toi qui es venue jusqu'à la porte de ma case !

– Oui ! Et j'ai vu tout ce qu'il ne faut pas voir !

– *Ah bon ? Excuse-moi,* dit-il, rougissant.

Elle riait de ses mensonges. Elle avait belle allure et Bahilama était subjugué par son regard pénétrant qui tout à la fois l'intimidait, le charmait et le tenait à distance.

– Il y a un seau d'eau à côté, comme la pluie est tombée tu peux te nettoyer de toute cette boue.

Elle pointa du menton ses jambes crottées puis fit volte-face et rejoignit sa mère sur la piste, se retournant à plusieurs reprises...

Docile, Bahilama se lava en souriant de cette fille surprenante.

Le malade était allongé à l'entrée de sa case.

– Dis-moi mon ami, tu n'es pas surpris de voir toute cette pluie ? demanda Fambi. C'est bizarre non ?

– Très bizarre même ! Je... je crois que c'est un signe..., dit-il perplexe.

Fambi se mit à rire péniblement, car il souffrait le martyre.

– *Mon ami, je crois que tu es complètement coincé par la tradition, non ?*

– *Je suis dans la merde oui ! Fambi, c'est quoi ces histoires de crocodile ? Tu te rends compte ! Ils veulent que je passe ma vie ici, sans bouger, à faire le « boy » pour un croco qui pond des œufs deux fois par an ! Moi j'ai envie de partir aussi. La Côte d'Ivoire... ou bien la France tiens ! ... Mais... je parle de moi alors que c'est toi qui es dans le besoin...*

– *Non, non, je t'écoute.*

Fambi le fixa de ses yeux creux et fatigués.

– *Tu veux partir ? Pars... Moi j'y crois à leurs histoires. Tu as été choisi par Namou, ça ne fait pas de doute. Si tu pars définitivement c'est clair que tu auras des ennuis. Tu veux quoi ? Partir et revenir ? Partir... Partir ? Vraiment ?*

– *Définitivement ? Non. Je ne peux pas faire ça aux miens. Je le sais bien...*

Fambi gardait les yeux fermés. La lumière lui faisait mal.

– *Ferme la porte là. Un peu d'obscurité me fera du bien. Je réfléchis à ça depuis deux jours. Il y a peut-être une solution : tu pars en Côte et moi je raconte à tous que tu es en brousse avec le génie de l'eau. Tu sais bien que pour devenir devin, musicien ou guérisseur, il faut passer un sacré bout de temps seul et caché dans la brousse. Tu vas partir en Côte, tu vas faire ce que tu veux là-bas... Ils croiront que tu es par là, quelque part dans la brousse à te faire enseigner les pouvoirs du croco... Qu'est-ce que tu en penses ?*

Bahilama était évidemment sceptique.

– *Comment vont-ils croire ça ? Ça me paraît bien compliqué.*

– *Non pas du tout. Il faut créer la surprise, c'est tout. Mmm... Il faudrait que tu partes tout de suite...*

– *Tout de suite ? Mais je ne sais pas si je suis prêt. Et puis, comment ça se passe en brousse ? Comment vont-ils savoir que je suis parti ?*

Il y eut un petit vent de panique du côté de Bahilama.

Fambi aperçut le couteau et le vélo.

– *Tu me laisses ton vélo et ton outil. Ce sera la preuve que tu es passé me voir avant de gagner la brousse... Moi je serai ton lien avec le village.*

Fambi changea de position en grimaçant. Il but un verre d'eau :

– *Aux yeux de tous je serai celui qui t'apportera à manger, à boire...*

– *... Il faut que je réfléchisse.*

Même si hier seulement, il était à deux doigts de se carapater, là, il se rendait compte que c'était bien plus difficile à faire...

– *Je ne vais quand même pas partir sur... sur un coup de tête...*

Fambi plissa les yeux pour mieux le voir :

– *Si ! C'est comme ça que tu seras crédible. Même ta mère n'en sera pas surprise. Ça fait partie de nos traditions. Et puis, après ce qui vient de se passer là, dehors... Toute cette pluie... Tu comprends ? Tu pars, tu vis ta vie et puis tu reviens. Tu reviendras hein ? Il faut que tu partes, mais aussi il faut que tu reviennes. Ça va te prendre quelques mois, je peux faire ça pour toi...*

Bahilama ne comprenait toujours pas :

– *Mais bon sang, pourquoi est-ce que tu veux que je parte ?*

– *...Pour que tu restes au village... après... Que tu protèges les miens... et que... que tu épouses ma sœur Tiésala ...*

Bien que déterminé, Fambi fatiguait. Il cherchait une meilleure position pour son corps.

Étonné, Bahilama leva les sourcils aussi haut qu'il le put.

– *Mais comment veux-tu que j'épouse ta sœur, je...*

Fambi ne lui laissa pas le temps de continuer.

– *Ma sœur est une fille très bien.*

– *Oui bien sûr, c'est pas ce que je voulais dire...*

– *Elle est très bien et il lui faut un mec très bien ! Un type qui soit capable de ne pas se laisser monter sur les pieds par les autres : toi...*

– *Mais Fambi...*

– *J'ai vu tout à l'heure... Ou plutôt je vous ai entendus vous parler... La maladie permet de mieux sentir les choses. Mieux que les autres. C'est évident que vous vous aimez déjà...*

Bahilama resta interdit. Certes Tiésala était une fille de son temps, pas le genre à languir dans la case jusqu'à la fin de sa vie, mais que Fambi soit convaincu de la nécessité qu'ils deviennent mari et femme, ça...

– *Fambi, d'abord tu me demandes de faire un sacrifice au croco pour faire plaisir à ton père, ce que je n'ai pas fait d'ailleurs, puis là, tu veux que je parte sur-le-champ et que j'épouse ta sœur que je ne connais pas, qui ne me connaît pas... Vraiment, ce n'est pas raisonnable.*

Fambi s'obligea à ouvrir les yeux.

– *Ne me déçois pas... Fais ce que je te dis de faire. Au moins pars et... reviens. Le reste se fera tout seul.*

Bahilama choisit l'apaisement.

– *Ok. Bon, admettons. Alors si je pars là, tout de suite, comment est-ce que je vais savoir qu'il faut que je revienne ?*

– *Bonne question...* – Fambi était prostré sur sa natte – *Quand... Quand je serai mort... Oui c'est ça, quand je serai mort, tu sauras.*

Il posa la main sur l'épaule de Fambi pour lui dire qu'il ne pouvait décidément pas entrer dans son scénario. Mais...

– *Bahilama... Tout ça n'est pas anodin. En quelques jours, tu as montré ta force de caractère. Ne doute pas de moi. Je sais parfaitement que ce que je te demande de faire est juste. Regarde dans ma case, prends le sac à dos que tu vois là-bas. Je garde toujours un sac prêt, au cas où. Je t'assure que dedans il y a tout ce dont tu auras besoin pendant ton voyage vers la Côte d'Ivoire. Moi, dorénavant, je n'aurai plus besoin de sac quand je voyagerai.*

Bahilama frissonna. Il n'avait pas envie de partir là, maintenant ! Pourtant, il savait bien que s'il devait le faire, c'était tout de suite ! Alors ?

– *Fambi, encore une chose. Tu dis que tu seras le lien entre le village et moi pendant mon absence. Mais comment te déplaceras-tu ? Enfin... Comme tu es malade...*

Un grand sourire éclaira son visage cachectique :

– *Oui tu as raison... Je suis bien malade... Mais... je saurai trouver la force qu'il faut pour me traîner dans la brousse et m'y planquer quelques heures !*

Plus aucune autre question ne pouvait maintenant empêcher le silence pesant de s'ancrer. Fambi somnolait pendant que l'aîné des jardiniers passait et repassait lentement ce projet de dingue dans sa tête.

Partir sans dire au revoir à sa mère !

C'était culotté, mais en effet essentiel.

Lorsque les Turkas disparaissent en brousse pour acquérir un lien mystique avec les génies de lieux, ils le font sans prévenir, sans se donner la moindre possibilité de rassurer les membres de la famille. La personne qui est informée de la disparition devient l'intermédiaire entre le fugueur et le village. C'est lui qui veille sur la santé du reclus. Et c'est utile. La solitude de la brousse fait parfois perdre la tête et occasionne des peurs terribles. Le corps et l'esprit deviennent fragiles. Ainsi, la famille est moins inquiète de cette disparition. Cependant il est rare que la fugue dure plusieurs mois.

Il fallait résoudre ce point. Mais Fambi anticipa dans un effort démesuré :

– *Ne dis plus rien, Bahilama ! PARS !*

Bien malgré lui, tenant désespérément la main froide et maigre de son ami, il acquiesça. Fambi le regarda intensément puis ferma les yeux :

– Bahilama... N'oublie pas : « *c'est notre petit secret...* » Hi hi hi...

Les yeux embués de larmes, Bahilama se saisit du sac à dos et disparut dans la brousse.

Après tout Fambi a raison. Partir tout de suite avec cet alibi, c'est la seule possibilité de voyager sans s'attirer la colère des anciens. Partir sans avoir un intermédiaire, c'est la porte ouverte à toutes les interprétations, s'exposer à toutes les malveillances, se mettre en danger.

Et Fambi se proposait d'être un allié précieux...

Voila Bahilama en train de réaliser son projet ! Partir ! Partir ! Partir ! Arrivé au bord de la piste, il longea la concession du tailleur, la dernière du village qu'il pouvait voir de près, et se faufila jusque dans les fourrés encore trempés de pluie. Là, il était à la fois bien placé pour voir arriver les véhicules filant vers la frontière et aussi pour surveiller la circulation des vélos et des mobylettes sur la piste.

Dissimulé dans les hautes herbes, il entendait sans écouter les conversations des passants : celles des Turkas qui plaisantaient ou s'encourageaient à rentrer vite chez eux, avant la tombée de la nuit propice aux sorciers. Celles des Peuls conversant en Foulbé, langue incompréhensible aux Turkas.

Lorsque les premiers phares des véhicules apparaîtraient, Bahilama pourrait sortir de sa cachette sans risquer de se faire repérer.

Par chance, le premier gros transporteur qui se présenta sur la piste était immatriculé en Côte d'Ivoire. Il se précipita sur le bord de la piste et fit de grands signes. Le chauffeur freina et arrêta son lourd camion à quelques mètres du jeune homme.

– *Où tu vas ?,* demanda l'Ivoirien avec son accent chantant.

Bahilama répondit en langue dioula.

– En Côte...

– C'est une question de vie ou de mort ?

– Oui !

– Aaaah ! Bon allez monte alors.

Le monstrueux diesel reprit sa course. Bahilama vérifia qu'il n'avait pas été vu en train de monter dans le poids lourd Mercedes. Il serra la main du chauffeur et entama les salutations en dioula. L'autre répondit de bon gré, mais il avait hâte de l'interroger.

– Moi j'm'appelle Alassane Traoré. Je reviens de rendre une visite à une fiancée là, à Wolokonto. Alors maintenant je passe par chez toi... C'est plus court... Et plus discret, – il lui adressa un clin d'œil – je pousse à Abidjan mais j'pourrai pas t'emmener là-bas, la frontière est fermée pour les burkinabès !

– Comment ça ?

– Ouaiy ! Tu sais que c'est la guerre en Côte, non ? Les militaires ne te laisseront pas passer… directement… à moins que tu sois riche ?, ajouta Alassane en regardant le sac à dos usé.

Bahilama n'était pas au courant des tensions politiques et militaires qui régnaient en Côte d'Ivoire depuis quelques temps.

– Même avec ta *« pièce »*, ta carte d'identité, tu passeras pas…, ajouta le chauffeur ivoirien qui remarqua l'air dubitatif du Turka.

– T'en as pas !

Bahilama se demandait si c'était une question ou une remarque.

– Non… je n'ai pas de *« pièce »*…

– Ben alors ! Comment tu crois pouvoir passer la frontière ?, demanda le chauffeur hilare.

Bahilama lui expliqua qu'il avait imaginé passer parce qu'il était dans le camion. Le plus simplement du monde. Le chauffeur n'en pouvait plus de rire :

– Je crois bien que tu es un vrai naïf toi ! yééé…

Bahilama regardait la piste défiler devant lui.

– Écoute, je vais te laisser suffisamment loin en brousse pour que tu puisses passer la frontière sans histoires. Tu sais t'orienter en brousse ? Gauche, gauche, gauche ! toujours à ta gauche ! File droit devant toi et le plus à gauche possible. Là, tu as des chances de passer. Tu feras attention, le coin est infesté de serpents.

En réalité Bahilama savait s'orienter au sein du village de Toumousséni et dans ses alentours. Pour le reste... Et puis, la pensée des serpents le fit frémir... Il n'avait pas eu le temps de réfléchir aux difficultés du voyage.

– Tu vas faire quoi en Côte ?

– Je vais chercher du travail à Aboisso.

Alassane secoua la tête :

– Y'a pas de travail en Côte. Et puis les Voltaïques ne sont pas très appréciés en ce moment dans le pays. C'est la guerre mon gars.

– La guerre ? Pourquoi ?

Le chauffeur jeta un coup d'œil distrait sur son passager :

– La politique mon frère ! et « l'arzent » comme dit Alpha Blondy. Bon t'inquiète pas et dors, tu auras besoin de tes forces tout à l'heure…, dit le chauffeur inquiet pour le jeune homme.

Il se tassa dans le fauteuil et malgré tout, bien que cette histoire de guerre soit décourageante, il ne tarda pas à s'endormir.

Il n'était pas loin de minuit lorsque l'Ivoirien se gara sur le bas-côté. Alassane secoua le Turka.

– Allez frère ! Réveille-toi ! Tu dois partir maintenant ! On a déjà croisé deux patrouilles de militaires ivoiriens. Ils sont montés très au nord je trouve !

– On a passé la frontière ?

– *Putain, t'es vraiment con toi !* Si les militaires ivoiriens te trouvent dans mon camion quand je vais passer la frontière, on est mort ! Tous les deux !

Oui, le chauffeur avait raison ! « Un triple idiot » disait Poupouteli ! Il sortit, salua et remercia le chauffeur.

Le camion s'ébranla, reprit sa route dans un nuage de poussière épouvantable, laissant l'aîné des jardiniers à son destin.

Il traversa la piste et suivit le conseil du chauffeur. À gauche, à gauche… toujours à gauche. C'était absurde. Il avait conscience du danger. De temps en temps, près des villages et des campements, il devinait les faibles lumières des lampes à pétrole éclairant la brousse. Il changeait alors de direction.

Il marcha ainsi trois bonnes heures, malgré la faim et la soif. La frontière ne devait plus être très loin maintenant. Peut-être même l'avait-il déjà passée.

Accroupi derrière un arbuste, il cherchait comment contourner un village non loin, lorsqu'il fut propulsé à terre par un coup suivi d'une intense et violente douleur dans les fesses. Tombé lourdement sur le ventre il sentit une autre douleur à la tête, moins violente cette fois. Paniqué, il ouvrit les yeux et ne vit qu'une paire de chaussures militaires montantes devant lui. Les coups l'étourdissaient l'empêchant de se lever.

Une voix lui gueula dessus :

– Enfoiré de mes deux ! Tu nous espionnais ! Pas vrai ?

Bahilama ne comprenait pas la langue du militaire qui, furieux, semblait à ce titre être un chef. Il se résolut à parler en dioula :

– Je, je… Je suis burkinabè... Je veux passer la frontière pour chercher du travail en Côte…

Le militaire s'était baissé pour entendre la phrase en dioula. Il lui répondit dans la même langue :

– Tu es complètement fou, toi.

Il gueula des ordres et deux jeunes soldats vinrent le relever. Lui tirant les cheveux en arrière, ils le plaquèrent sur le capot d'un camion militaire garé tout près.

Il avait très peur et regrettait déjà d'être parti du village. Il était dans un cauchemar. Tout ceci était invraisemblable ! Une histoire qui n'était pas la sienne. Quelque chose qu'il subissait depuis le début et que, même s'il tentait d'en être l'acteur, il se retrouvait être résolument une sorte de victime.

La douleur à la tête était de plus en plus vive et il était certain maintenant qu'il allait mourir, comme son père. Beaucoup plus vite que son père…

Les deux jeunes affichaient un visage grave. Ils pointaient leur arme sur le Turka. C'étaient encore des gamins, ils ne devaient pas avoir plus de quatorze ans.

Il entendait des prénoms musulmans et, tout en cherchant à reprendre sa respiration, ce qui semblait amuser les jeunes soldats, il s'en donna un aussi, par instinct de survie.

Le chef s'éloigna du petit groupe et l'un des garçons se saisit du sac à dos de voyage. L'autre, plus âgé, ordonna qu'il le lui remette. Un troisième rappliqua lorsqu'il comprit qu'il y avait quelque chose à prendre. Le militaire s'assit par terre et en étala le contenu devant lui : un nécessaire de toilette, une somme de quinze mille francs CFA, deux tee-shirts, trois boîtes de préservatifs. Le militaire commença à remplir les poches de sa veste sous le regard désapprobateur des deux plus jeunes.

Bahilama voyait surtout les quinze mille francs CFA... C'était l'argent de Fambi... Il fut secoué d'un sanglot irrépressible.

Le gradé revint à ce moment-là, une liasse de papiers à la main. Il vit le militaire en train de se servir.

– Confisqué ! Tout le contenu est confisqué, même ce que tu as déjà mis dans tes poches ! Vous autres veillez à ce que cet imbécile remette tout !

Le militaire était bien déçu. Pourtant, se soumettant à l'autorité du chef, il s'exécuta. La situation excitait les deux gamins armés. Leurs grands yeux voulaient punir leur camarade chapardeur. Le bout de leurs fusils d'assaut pointait dangereusement au hasard.

Un seul mot gueulé par le chef calma les jeunes. Il se planta devant Bahilama, affichant son gros ventre :

– Comment tu t'appelles ?

Bahilama renifla. Il cherchait encore son souffle. En même temps, la question du militaire le ramenait à un contact plus humain.

– ... Je m'appelle... Yaya... Yaya Ouattara, je suis de Banfora.

– Tu es musulman ?

Bahilama voyait nettement des *« gris-gris »* accrochés un peu partout sur la veste kaki du militaire. Ils en disaient long sur ses associations religieuses.

– Je suis musulman... autant que possible...

La réponse de Bahilama fit rire le chef qui regardait la liasse de papiers qu'il tenait.

– Donne-moi ta pièce d'identité. – Yaya-Bahilama secoua la tête – Bon ! Alors, tu n'as pas le choix... Où bien tu t'enrôles à nos côtés et tu as la vie sauve, où bien tu refuses et je te fais exécuter immédiatement... pour espionnage...

Les menaces étaient dites avec une certaine légèreté. Voulait-il vraiment l'exécuter ici même, sans procès ni état d'âme ? Sans attendre l'aboutissement de ces réflexions, il ajouta :

– Tu as de la chance qu'on ait besoin de recrues en ce moment. Tu sais te servir d'une arme ?

Bahilama secoua encore la tête qui lui faisait moins mal.

– Pas grave... on t'apprendra... Tu dois te demander pourquoi je te garde en vie alors que tu n'es pas ivoirien ?

Le silence du jardinier turka ne le découragea nullement.

– Bon ! Écoute ! nous sommes contre *« l'ivoirité »* ! Tu sais ce que c'est ? Non bien sûr. C'est terrible cette ignorance du peuple. On se bat pour toi et toi tu ne sais même pas pourquoi on se bat. La guerre, nous la mènerons jusqu'à ce que la Côte d'Ivoire retrouve sa dignité et nous avec.

Ces paroles n'évoquaient rien à Bahilama.

L'ivoirité, Yaya-Bahilama n'en avait jamais entendu parler. Cela remontait à 1945 où pour promouvoir les cultures et les productions nationales du pays, d'incessants appels à l'élan national du type : « Consommons ivoirien » furent lancés. À partir de 1994, du fait des difficultés politiques et économiques, l'ivoirité s'imprégna d'idées nationalistes et xénophobes. La méfiance entre les différentes populations du pays s'était renforcée et les partisans de l'ivoirité exacerbèrent les différences entre le nord et le sud de la Côte d'Ivoire. Les Ivoiriens du nord, majoritairement musulmans furent soupçonnés d'être de mauvais ivoiriens et rejetés par ceux du sud, créant un fort sentiment d'exclusion.

Plus encore, cette politique d'ivoirité, soutenue par une hiérarchie sociale basée sur l'origine ethnique des citoyens, distinguait les Ivoiriens de souche, avec un critère d'origine ivoirienne depuis au moins deux générations, des Ivoiriens qualifiés d'étrangers. En 1998, une loi foncière réserva le droit de propriété de la terre aux seuls « Ivoiriens de souche ». Des milliers de paysans d'origine burkinabè furent expulsés et jetés à la rue à la suite de razzias menées dans certains quartiers d'Abidjan. Il en résulta une discrimination profonde à l'encontre des étrangers et des Ivoiriens musulmans du Nord.

Le sentiment que les étrangers étaient devenus trop nombreux fut l'une des causes des exactions commises toutes ces années en Côte d'Ivoire et l'hostilité institutionnalisée les relégua eux et nombre d'Ivoiriens du Nord, au rang de sous-citoyens.

Au moment même où Bahilama arrivait en Côte d'Ivoire, des soldats révoltés tentaient de prendre le contrôle des villes d'Abidjan, de Bouaké et de Korhogo. Sous le nom de « Forces Nouvelles », ils occupèrent progressivement la moitié nord du pays. Ainsi, la RCI[5] fut coupée en deux zones géographiques distinctes : le Sud tenu par les Forces Armées Nationales de Côte d'Ivoire (FANCI) et le Nord tenu par les Forces Armées des Forces Nouvelles (FAFN).

La guerre était réelle avec son cortège de souffrances et de violence.

Le racisme étant lamentablement la chose la mieux partagée au monde, les étrangers boucs-émissaires des conflits subissaient des exactions et autres injustices, parfois organisées par les forces de l'ordre.

Ainsi sans le savoir, Bahilama était d'un seul coup immergé dans le conflit ivoirien.

– Tu sais te battre ?

La seule chose qui lui importait, c'était de signer les papiers que le militaire lui présentait.

– Pas grave… Signe ici. Les camarades vont s'occuper de toi. Fofana ! Koné ! Venez ! On va te remettre ton uniforme…

Bahilama se redressa en se frottant la tête. Ça allait mieux de ce côté-là.

Cramponné par les deux jeunes et entraîné sous une grande tente grise, il se rendait compte qu'il était en train d'être enrôlé dans une armée. Certainement pas celle du Burkina puisqu'il ne voyait aucun écusson officiel sur la veste des hommes. C'était plutôt une armée de « félins » à en juger par l'appellation « Compagnie Guépard » inscrite au dos de leur tee-shirt et de leur veste.

---

5 RCI : République de Côte d'Ivoire.

La situation était surréaliste : Bahilama s'était à ce point perdu qu'il se retrouvait à quelques dizaines de mètres d'un campement militaire. Ni plus, ni moins !

– Où suis-je exactement ?, se risqua-t-il à demander.

En guise de réponse on le poussa vers une table derrière laquelle il n'y avait personne.

Il régnait dans le camp une étrange ambiance de nuit profonde inconnue du jeune turka. Bahilama n'avait pas le temps de s'interroger sur ce qu'il ressentait mais instinctivement, en posant des questions, il cherchait un espoir, le contraire de la peur qui le tenaillait.

Le plus jeune des deux, celui qui avait encore un visage d'enfant lui répondit, en français, avec l'accent chantant typique de la Côte-d'Ivoire.

– *Tu es chez les Guépards de la Côte. On se bat pour garder le Nord. On est là depuis trois jours. On surveille la frontière avec ton pays.*

Il attendit la réaction de Bahilama qui ne fit qu'une sorte de moue désabusée. Le militaire sortit un paquetage de l'une des cantines rangées derrière la table.

– *Enfile ça, tu te sentiras mieux !*

Bahilama lança un « *merci* » très français qui fit sourire le militaire.

– *Et... heu... qui est votre chef ?*

– *Tu veux dire NOTRE chef... à toi aussi !* insista le militaire en toisant la nouvelle recrue. *C'est le commandant Chérif Ousmane.*

– *Et toi alors, comment t'es arrivé dans cette armée ?*

Le jeune se redressa fièrement :

– *Les « Guépards » remontaient vers le nord du pays. Ils sont passés dans mon village à dix jours de marche d'ici, dans l'ouest du pays. Depuis plusieurs mois, pour ma famille c'était vraiment dur... Mon père est allé voir l'homme que tu as vu tout à l'heure, celui qui t'a botté le cul et lui a demandé de me prendre avec lui, comme soldat...*

– *Et après ça ?*

– *Après ça ? Je suis parti. Hé ! Je suis content d'être là ! Je gagne de l'argent, j'ai des amis, on travaille un peu et on ne se bat... pas... trop.*

Cette dernière information rassura un peu Bahilama.

– *Cette guerre, c'est à cause de quoi ?*

Il le regarda mystérieusement :

– *Aïe ! Je ne sais pas trop... Je crois que c'est à cause de la politique...*

– *Tu parles très bien le français...*

L'autre, flatté, se redressa à nouveau.

– *J'ai fait le banc jusqu'en troisième !*

– *Ah ? Et bien moi aussi, jusqu'en troisième !,* s'empressa Bahilama qui, malgré les apparences n'en menait pas large.

Les deux jeunes se serrèrent la main en souriant.

– *Bon alors ! Tu l'enfiles ce complet ?*

Bahilama mit son uniforme et... il faut bien le dire, il lui allait comme un gant.

– Y*ééé ! Ta mère sera fière de toi mon ami !*

Bahilama retrouvant un peu de confiance en lui se mit au garde-à-vous et salua militairement :

– *Soldat Yaya Ouattara, à vos ordres ! Mon ami !*

L'autre éclata de rire et se mit aussi au garde-à-vous :

– *Soldat Adjourman Coulibaly ! Troisième bataillon de la Compagnie Guépard ! À vos ordres ! Mon ami Yaya !*

Les deux jeunes gens se serrèrent une nouvelle fois la main.

– *C'est quoi ce bordel !*

Le chef, capitaine du détachement, regarda avec bonhomie sa nouvelle recrue :

– *Pas mal mon gars ! Adjourman ! Montre-lui où manger un peu et dormir! Il en a besoin on dirait...*

Dès le lendemain, les camions les emmenèrent à l'intérieur de la Côte d'Ivoire, loin vers l'ouest, pour se battre contre des mercenaires qui y faisaient régner la terreur, pillant et massacrant les villageois ivoiriens.

Il lui fallut s'adapter à sa nouvelle vie, être courageux, faire tous les entraînements militaires, le maniement des armes et les footings épuisants qui permettaient, disait-on, de garder la forme.

Au fil des semaines, l'envie de déserter lui traversa l'esprit. Les occasions étaient fréquentes. Le capitaine avait un œil sur lui mais sans plus. Aussi il se demandait ce qui le retenait au sein du régiment.

La mission dura deux mois, au cours de laquelle il se servit de son arme. Tuer pour ne pas être tué. Il découvrit l'odeur de la mort, des corps qui pourrissent sur place ou dans un fourré à l'abri des regards.

Une boule au ventre s'installa progressivement, insidieusement, parfois étonnamment violente. Cette impression désagréable, sans être partagée dans les conversations par les jeunes garçons, était visible sur les visages des uns et des autres. Les chefs le savaient et régulièrement, ils organisaient un « débriefing » durant lequel le clown de service, un gradé intermédiaire, était chargé de détendre l'atmosphère.

Yaya pensait souvent à son père qui restait, dans son imagination, le modèle de l'homme épris de justice et d'humanité. Approuverait-il ce que son fils faisait ? Sans doute, soulager les paysans des calamités de la guerre était une raison louable et suffisante pour rester dans cette armée. Surtout, il ne fallait pas se voiler la face, il était en sécurité ici. Il avait vite compris le danger qui régnait dans la vie civile ivoirienne ! Il voulait vivre en Côte ? La compagnie Guépard en était l'une des possibilités.

Pourtant le guêpier de la guerre rôdait ! Des choses simples devenaient tragiques : un enfant qui marche à sa rencontre, qui fait un signe discret de la main, deux hommes qui surgissent, puis deux autres, l'arme au poing. Voici Yaya nez à nez avec des hommes qui parlent anglais. Un moment d'hésitation, un silence, et des tirs maladroits de part et d'autre… Bahilama court dans la brousse, tire au hasard avant de chuter lourdement sur une souche d'arbre. Il se relève aussitôt, se ressaisit de son arme et fusille tout autour de lui, pris d'une effroyable peur panique.

En tirant il se rendit compte qu'il saignait beaucoup de la main et de la joue gauches. Il pointa son arme droit devant lui, épouvanté à l'idée de mourir.

Une voix amicale l'appela. Ses compagnons de guerre étaient tout juste derrière lui.

La gravité de ses blessures lui valut d'être conduit dans l'hôpital de campagne où le chirurgien ivoirien dut l'amputer de l'annulaire, de l'auriculaire et de la première phalange de l'index de la main gauche. Il dut recoudre les chairs de la profonde entaille de sa joue.

On lui dit alors que l'un des hommes tués dans la frayeur de la mitraille était l'un des chefs des mercenaires. À défaut d'une décoration, ce fait d'arme lui valait au moins les félicitations des médecins et des infirmiers.

Trois jours après sa sortie de l'hôpital, le capitaine annonça la visite de Chérif Ousmane, le commandant des Guépards. Tout fut évidemment mis en œuvre pour l'accueillir. Le chef du détachement était partout à la fois, supervisant tout aussi bien le protocole que le nettoyage des latrines.

Une cohorte de journalistes ivoiriens et étrangers suivait les déplacements et les discours de Chérif Ousmane.

Le commandant s'adressa à ses soldats. Yaya pensa que le Président Thomas Sankara, le capitaine courageux, l'espoir de la jeunesse africaine, assassiné comme un chien, aurait apprécié les paroles et l'aisance de « Papa-Guépard » :

– *Soldats, notre objectif est de ramener la liberté, la justice et la démocratie dans ce pays, pour le bonheur de tous les citoyens. Nous avons pris l'opinion internationale à témoin au cours de notre lutte. Nous avons fait toutes les ouvertures possibles, respecté toutes les lois de la guerre et les droits de l'Homme parce que nous voulons une vraie justice et une vraie démocratie. Nous sommes traités comme des rebelles, mais nous nous comportons comme des gens bien éduqués avec le respect pour nos populations tandis que les soi-disant loyalistes attaquent et brûlent les villages. Ils capturent les civils, même les vieilles personnes, les ligotent, les torturent avant de les abattre froidement. Alors que nous, nous combattons tout simplement pour atteindre nos objectifs qui sont d'amener nos autorités à instaurer une véritable démocratie dans le pays. Nous combattons pour la liberté.*

Yaya se promit de mettre par écrit ce qu'il en retenait d'important pour lui-même. Il avait pris cette habitude de noter, ici ou là, ce qui lui semblait grave et indispensable pour ce qu'il imaginait être sa vie future. Au début, il écrivait sur tout ce qu'il trouvait, que ce soit au dos des petites boîtes d'allumettes ou sur du papier toilette, avec un simple crayon de bois. Puis, avec un peu de sa solde de combattant il avait quand même acheté un cahier et un bic.

Le lendemain, il fut appelé par son capitaine :

– Yaya, viens avec moi. Le petit troufion du Burkina-Faso est un héros! Tu es invité à manger au mess des officiers. Ahahahahahahaha !

Réajustant son uniforme, il vérifia que son bandage n'était pas trop poussiéreux.

Pas de questions. Se taire ça évite de se tromper.

Le capitaine le fit entrer dans une grande tente où flottait une bonne odeur de poulet frit et de sauce d'arachide. Il lui désigna une place à table où s'asseoir à côté d'un homme au crâne rasé, plutôt grand, qu'il n'osa pas regarder. Le capitaine s'installa en face et lui fit un clin d'œil.

Il mangea en silence en suivant la conversation. La voix de l'homme à côté de lui était caractéristique. C'était bel et bien Chérif Ousmane qui était là et qui parlait avec deux autres militaires probablement haut gradés. Soliloquant avec conviction sur la « motivation des hommes » et la « foi en Dieu », il insistait sur la nécessaire préparation physique des combattants, sur le moral des troupes, le sens des combats, l'utilité des soldats pendant les périodes calmes avec les villageois, sur le respect que devaient avoir les officiers à l'égard des soldats. Les journalistes avaient été autorisés à partager le repas avec le commandant. Une femme en particulier était très attentive aux conversations. Elle cherchait à comprendre, elle écoutait, enregistrait, notait les réponses.

Les autres restaient silencieux.

Les plus hardis et les plus gradés se permettaient de temps à autre d'introduire un mot, une expression, une minuscule remarque. Pas plus.

Lorsque le commandant sortait de son monologue, l'un ou l'autre en profitait pour faire une plaisanterie. Chérif Ousmane s'y laissait volontiers prendre.

Quant à Yaya, il n'avait pas aussi bien mangé depuis son départ du village. Pendant qu'il se goinfrait, il capta soudain une parole de son capitaine qui faisait ses louanges.

Chérif Ousmane se tourna vers lui :

– *Merci pour ton courage, jeune homme.*

Yaya leva les yeux vers lui.

Le capitaine prit la parole :

– *Yaya, on a raconté au commandant Chérif Ousmane ta bravoure pendant le combat. Il est fier de toi.*

Yaya se lava les mains et la bouche avec de l'eau prise dans un seau prévu à cet effet.

Il eut soudainement conscience de « la chance » qu'il avait de vivre ce moment-là. Il se leva et se mit au garde-à-vous, résolument et sans réfléchir :

– *Mon commandant,* dit Yaya, *Je suis burkinabè. Quand j'ai atterri chez les Guépards, je me demandais juste quand j'allais mourir. Aujourd'hui, je sais que je me bats contre ceux qui font souffrir les paysans...*

S'adressant à la journaliste européenne, le commandant lui recommanda d'interviewer Yaya :

– *Vous voyez madame, ces jeunes-là sont de précieux indicateurs. Ce sont eux qu'il faut faire témoigner de notre combat.*

Puis il s'adressa au capitaine :

– *Capitaine, lorsque ce garçon jugera bon de quitter notre armée, tu le laisseras partir librement et avec les indemnités que lui vaut sa bravoure.*

S'adressant à nouveau à Yaya :

– *Je ne sais pas ce que tu croyais trouver en Côte, mais je crois que malheureusement pour toi et pour tous les frères du Faso, notre pays n'est plus une terre d'accueil... Et j'ai bien peur que ça dure encore trop longtemps... Il posa la main sur l'épaule de Bahilama. Je dois partir maintenant. J'ai été content de te rencontrer. Allah Dianan mon frère !*

On était censé répondre par un « Amina » clair et sonore.

– *Moi aussi... Papa Guépard...*

Il ressortit de ce repas l'estomac un peu lourd et marcher lui faisait du bien.

Une voix féminine et française l'interpella :

– *Hé ! Jeune homme ! Vous pouvez m'accorder un instant ?*

C'était la journaliste qui lui courait après. Yaya la regarda venir vers lui en pensant qu'il devait être bien difficile pour les hommes blancs d'avoir des épouses comme ces femmes-là, habillées comme eux, parfois en treillis et rangers. Yaya ne savait pas quoi lui dire et fort heureusement, c'est elle qui entama la conversation :

– *Excusez-moi... Votre prénom, c'est Yaya je crois. Je peux vous appeler par votre prénom ? ... Heu voilà, j'aimerais bien vous interviewer, comme l'a suggéré le commandant, enfin... Si vous en êtes d'accord bien sûr.*

Yaya était gêné. Il ne comprenait pas ce que voulait la femme journaliste.

– *Ben, on peut essayer*, dit-il confusément.

Cette réponse sembla la satisfaire.

– *Vous étiez en train de marcher, on peut continuer si vous voulez, ça me fera du bien également.*

Et les voilà tous les deux côte-à-côte avançant d'un bon pas vers... Vers où justement ? Se demandait Yaya.

Les autres regardaient la scène en adressant à Yaya des quolibets incompréhensibles à la femme journaliste.

– *Heu... Vous savez on peut s'arrêter par là...*, proposa-t-elle.

– *Oui, arrêtons-nous là*, dit Yaya en montrant un arbre qui semblait à peu près confortable.

La journaliste n'hésita pas à s'asseoir par terre, ce qui gêna un peu Yaya qui préféra le creux des racines de l'arbre.

– *Je m'appelle Florence, je suis journaliste comme vous le savez et je suis grand reporter. Ça veut dire que je m'intéresse surtout aux guerres ou aux situations très compliquées...*

La conversation dura plus de deux heures ce jour-là et ils se revirent le lendemain pendant plus de trois heures. Florence fut très intriguée par le récit du Turka et lui-même était surpris du bien que ça lui faisait de raconter son histoire. Toute son histoire. C'était la première fois qu'il se racontait comme ça. Elle lui demanda la permission de le photographier et le remercia chaleureusement lorsqu'il fut temps pour elle de rejoindre le véhicule tout terrain qui la ramenait à la ville.

Les jours et les semaines qui suivirent ces rencontres inattendues furent étranges. Admiré par tous depuis son entrevue avec Chérif Ousmane – la nouvelle s'était répandue à grande vitesse – il ressentait pour lui-même une sorte d'indifférence, une absence d'émotions pour tout ce qu'il vivait. En guérissant, ses blessures demeuraient très douloureuses et toutes les sensations étaient pénibles. Les palpitations dans les deux doigts fantômes, le froid, le chaud, les démangeaisons. Parfois, une profonde tristesse l'accablait et il était abattu et déprimé. Lors de cette opération militaire menée dans l'Ouest de la Côte d'Ivoire, qui avait bien failli lui être fatale, il s'était rendu compte qu'il régnait dans le pays une totale confusion. Les villageois étaient terrorisés. Des familles entières se cachaient dans la brousse se nourrissant de presque rien pendant des semaines. La fragilité des paysans et la peur étaient une réalité quotidienne les conduisant à des actes désespérés.

Il se refaisait inlassablement le film des événements : il se revoit encore et encore, portant de l'eau, mouillant maladroitement sa veste. Puis, voilà le fils d'une des familles du village qui arrive. Il le regarde. Quelque chose est différent. Il sait, trop tard. Le garçon les a dénoncés à des mercenaires planqués dans les champs, non loin. Il n'en voulait pas à cet enfant qui avait agi sous la menace. Mais ce qu'il avait éprouvé alors, frayeur et panique, l'avait fait basculer dans l'horreur. Il avait couru, lâchant le seau à terre, ajustant son fusil mitrailleur, tuant coup sur coup deux mercenaires ennemis. Puis, cette hésitation, les secondes qui s'écoulent, la conscience de ses blessures, leur odeur et, plus fort que tout, l'envie de tirer sur l'enfant-traître.

Chaque nuit, il se réveillait en sursaut, pleurant et gémissant. Ces obsessions, ces cauchemars, depuis le début des combats de l'Ouest, d'autres soldats les éprouvaient également, d'autres pleuraient, ce qui le rassurait un peu. Cela ne l'empêchait pas de faire son travail correctement. Il se battait quand il fallait se battre, aidait les paysans lorsqu'il fallait le faire, obéissait, rendait service... Mais on ne le voyait plus jamais plaisanter ou rire des blagues des autres.

Intrigué, son camarade Adjourman l'avait interpellé à ce sujet :

– *Yaya ? Pourquoi tu fais la gueule, tout le temps !*

– *Je ne fais pas la gueule tu sais... J'attends... C'est tout... J'attends.*

– *Ok ok ! Mais tu attends quoi ? Qu'on te propose un job en Côte ?*

– *J'attends que la guerre se termine... Après ça je rentrerai au village.*

Yaya espérait simplement que la nouvelle de la mort de Fambi lui parviendrait. Mais ça ne lui disait rien de raconter tout ça à son camarade. Il regarda ses doigts manquants et toucha sa blessure au visage. La promesse de pouvoir partir quand il le voudrait le réconfortait. Bientôt, peut-être, le temps viendrait.

Adjourman n'insista pas et se contenta de s'asseoir à ses côtés pour partager une cigarette.

CHAPITRE IV

Tiésala passait une grande partie de son temps au chevet de son frère. La maladie le faisait souffrir comme jamais encore et les remèdes traditionnels ne suffisaient plus à calmer les douleurs.

– Il me faudrait de la morphine, disait Fambi doucement.

Il n'y en avait évidemment pas au village et Tiésala s'était promis de partir à Banfora pour demander, sans beaucoup d'espoir, un calmant puissant aux médecins de l'hôpital. Elle avait aussi l'intention de demander un rendez-vous au bon Docteur Dakuyo, le pharmacien de la ville, spécialiste renommé des plantes médicinales. Lui, peut-être, pourrait donner ce puissant calmant.

Par épisodes Fambi profitait de périodes de rémission. Alors il partait seul en brousse pendant un ou deux jours pour, disait-il, « rendre visite au messager de Namou. »

Tiésala essangeait des serviettes de toilette pour Fambi. Elle s'immobilisa un instant pour écouter la faible voix de son frère.

– Dis-moi, petite sœur, tu crois que tu aimeras te marier avec Bahilama… à son retour de brousse ?

– Arrête de me prendre pour une idiote ! Je sais très bien où il est en ce moment. Quand tu lui as parlé, il y a de ça... Combien de temps ? Quatre ou cinq mois ? Je n'étais pas bien loin tu sais ! J'ai écouté ! Je t'ai entendu lui dire de partir. Tu parlais en français mais moi aussi *« j'ai fait le banc ! »* Fambi ? Sérieusement, tu sais quand il reviendra ? »

Se forçant à sourire, il se redressa un peu plus sur sa natte. Il voulait répondre clairement :

– Quand je serai mort…

– Comment ça ?

– Tu dis que tu as entendu notre conversation non ? Alors tu sais que lorsque je vais mourir il comprendra qu'il doit revenir dans le village…

Tiésala ne dit plus rien.

Fambi observa attentivement sa sœur. Puis il ajouta comme s'il s'amusait :

– Avant ma mort, il va se passer des choses ici. Gou fa la…

– Qu'est-ce qui va se passer ?, demanda-t-elle, sceptique et concentrée à nouveau sur le linge qu'elle commença à savonner vigoureusement.

Soudainement très fatigué, Fambi s'allongea complètement sur la natte.

– Tu verras bien.

Elle haussa les épaules comme elle savait si bien le faire lorsqu'elle était contrariée. Elle ressentait une vraie colère en elle, mais elle savait son frère si fragile, elle était bien obligée de se contrôler.

Fambi observait les visites de courtoisie fréquentes des uns et des autres. En effet quelque chose se tramait dans la concession.

Quelques jours après cette conversation, le vieil oncle maternel de Bahilama et un jeune homme de sa famille vinrent rendre visite à Sifati, « Je ne suis pas le propriétaire des biens », le père de Tiésala et de Fambi. Cette visite protocolaire intriguait Fambi. Qu'est-ce qui lui avait échappé ? Peut-être une conversation entre le « to » (le père) et l'oncle Hié de Bahilama, lors du marché, le titéli qui a lieu tous les cinq jours en pays turka ? Fambi ne se déplaçait que rarement, seulement pour partir en brousse accomplir son supposé devoir auprès de Bahilama et après avoir ingéré une forte dose de vitamines pour supporter l'effort. Il n'allait plus au titéli depuis fort longtemps.

C'était tôt le matin. Il faisait déjà très chaud. Les hommes s'installèrent sous le manguier à l'écart des cases. Tous procédaient aux salutations longues et exhaustives dans la plus pure des traditions de politesse turka. On buvait le kompla, le vin de palme, tout en devisant sur les récoltes, la pluie qui ne tarderait plus à venir, les événements de la Côte d'Ivoire toute proche.

Enfin, Sifati demanda la raison de cette visite :

– Kyimagou ? (Qu'est ce qui t'amène ?)

Le vieux Hié s'exprima d'une voix chevrotante mais ferme :

– Nous sommes venus ce matin pour parler de mariage. Nos deux familles se sont souvent unies dans les temps anciens. Aujourd'hui nos liens sont insignifiants. Nous sommes tous ici des gens raisonnables et nous pouvons envisager avec joie l'union de nos enfants…

Le jeune homme quant à lui, pour faire preuve d'humilité, gardait la tête baissée, les yeux cachés derrière de grosses lunettes de soleil.

– Gou fa la ! dit l'oncle de Tiésala. Qui est-il ? Il n'est pas du village ?

Le vieux Hié posa sa main sur le genou de son protégé.

– Boman, « Ils me veulent » vient de Mondon – village turka situé à une quarantaine de kilomètres de là – il est le fils de la fille de ma sœur. Il va venir s'installer chez nous…

– Gou fa la ! Notre fille Tiésala pourra ainsi vivre à Toumousséni.

Tiésala se tenait à l'écart de la conversation. Ça n'était pas la première fois qu'un tel scénario se produisait. Le Nan kounou, (J'ai la main dessus) ne valait pas un engagement ferme. C'était une proposition de mariage. Une simple proposition. Toute petite fille déjà, elle était l'objet des convoitises des familles. Depuis l'adolescence, c'était elle qui refusait les demandes. Elle avait décliné toutes les propositions. À bientôt seize ans et contre l'avis des oncles utérins, elle estimait avoir encore le temps de se décider.

Mais cette fois-ci une parole de son oncle approuvée par son père la pétrifia :

– Gou fa la ! Nous allons réfléchir maintenant à ce mariage. Laissez-nous quelques temps pour discuter de ce que va nous rapporter cette union. Nous nous reverrons bientôt.

Cette fois-ci une porte s'ouvrait franchement à une possible alliance. Les hommes se levèrent et se serrèrent les mains fermement, sauf Boman qui par déférence envers les aînés, laissait sa main mollir comme pour se faire oublier.

Ils marchèrent lentement jusqu'à la mobylette. Après avoir démarré le deux roues, Boman prit soin de bien asseoir le vieil oncle sur un coussin attaché au porte-bagage, un parapluie coloré arrimé au siège servant de protège-soleil. Il démarra doucement sans se retourner de peur de perdre le contrôle de la mobylette et de tomber.

Fambi somnolait à moitié mais il n'avait rien perdu de la conversation. Il appela son père :

– Je suis surpris de la démarche du vieux ! Ça n'est pas Boman qu'il faut à ta fille, mais plutôt son cousin Bahilama, non ?

Le père se pencha pour lui parler.

– Comment ça ? Ce type qui est en retraite avec le crocodile ? À qui on donnera gratuitement une épouse à son retour ? Il n'y a pas à s'occuper de lui.

– Mais... C'est le meilleur des garçons de ce village...

Le père secoua la tête.

– Quand il reviendra il sera « le père du couteau », le pouronti auprès de Namou, le crocodile, oui. Et on lui donnera une femme… Oui... Je connais ces gens ! Personne dans les quartiers n'acceptera de verser la dot à la place de la famille de Bahilama ! Ça ne s'est jamais fait et on va nous obliger à accepter le mariage pour RIEN ! Ni tes oncles, frères de ta mère, ni ta mère, ni moi ne souhaitons donner gratuitement ta sœur…

– Mais…

– Mais ? C'est tout ! Tu es malade et tu ne pourras peut-être jamais plus travailler avec nous… Nous ne voulons pas ajouter la misère à ce malheur… Ce n'est pas possible… Gou sa fa ! (Ça n'est pas bon !)

Tiésala sortit de sa réserve.

– Yééé ! Je ne suis pas à vendre moi ! Je serai la femme de qui je veux !

– Pas celle de Bahilama ! C'est clair ? Il n'y a plus rien à dire pour le moment !

Sifati était déterminé. Rien ne le ferait dévier, du moins il s'en persuadait.

Fambi eut un soubresaut nerveux :

– *Si si !* Moi j'ai encore quelque chose à dire ! Ce mariage ne pourra pas se faire, les génies ne veulent pas ça ! Bahilama est en brousse pour une raison très précise !

L'oncle et le père échangèrent un regard entendu et s'éloignèrent vers la case paternelle.

Tiésala, très en colère, vint s'asseoir à côté de son frère :

– *C'est dingue ! Je vais fuir d'ici ! Je me tire !*

Fambi pouffa de rire à cause des expressions françaises employées par sa petite sœur.

– *C'est inutile... les choses rentreront dans l'ordre bientôt...*

– *Ouais eh bien en attendant, je t'assure que si les vieux veulent me marier à ce... ce... « Beautiful man »...*

Ils pouffèrent de rire sans retenue.

Fambi avait quelque chose en tête. Un plan. Puisqu'il allait mourir, de cela il était certain, autant faire un *truc* avant de passer dans le monde des ancêtres auquel il n'était d'ailleurs pas certain de pouvoir accéder étant donné son jeune âge. Jusqu'ici il hésitait. Son plan demandait beaucoup d'énergie, or c'était ce qui lui manquait le plus. Mais la décision du père et de l'oncle de marier la petite sœur à Boman était sans nul doute le déclencheur. Il ne pouvait pas laisser faire ça.

Il demanda à sa sœur de faire venir Kanima.

Le vieux guérisseur-contre-sorcier vint le lendemain avec un imposant paquet de plantes médicinales sur le porte-bagages de sa mobylette.

– Mon fils ! Me voici. Tu ne m'as rien demandé, mais je t'ai apporté quand même un médicament pour soulager tes souffrances.

Il posa à terre le tas d'herbes médicinales.

Pour la médecine traditionnelle la difficulté n'était pas tant la prescription ciblée de telle ou telle plante mais plutôt sa posologie. Il fallait tester son efficacité en prenant le *« médicament »* plusieurs jours de suite. En variant les quantités, le malade sentait s'il était mieux ou plus mal. S'il se sentait plus mal, la dose était jugée insuffisante. Il fallait alors l'augmenter… non sans risques d'accidents…

– Merci tanti. (guérisseur) Je vais bien prendre ton médicament mais je veux aussi te parler de ce qui me préoccupe…

Pendant une bonne heure, chuchotant à l'oreille du guérisseur, Fambi exposa lentement son plan et mit Kanima dans la confidence la plus totale, lequel ne se faisait pas prier tant il appréciait le courage de Fambi.

Lorsque Kanima partit il serra affectueusement Fambi dans ses bras. Il était tout guilleret en montant sur sa mobylette.

Pendant les jours qui suivirent, Fambi s'appliqua à se soigner. Il réussit à ingurgiter du riz. Tiésala lui avait rapporté des mangues séchées, nouveauté raffinée, fabriquée à Ouagadougou et commercialisée jusqu'en Suède... Cela était très énergétique.

Il voulait ardemment mettre en œuvre son plan. Grâce à cette motivation, il arrivait maintenant à se lever et à marcher dans la cour, à la grande joie de ses parents et de sa petite sœur.

– J'ai la confiance de Kanima. Il me faut aussi mettre un devin dans le coup, se disait-il.

Mais faire se déplacer un devin est impossible, aucune divination ne pouvant se dérouler en dehors de la petite case destinée. Il devait trouver la force nécessaire pour aller chez Badjiouabi le devin allié de Bahilama.

Pendant quatre jours il s'y prépara. Chacun était étonné de constater combien Fambi était capable de reprendre des forces. Il ingurgitait les breuvages au goût infâme, augmentant les doses si nécessaire, vomissant lorsque la posologie excessive lui donnait des maux de ventre et de tête difficilement supportables. Alors il se trouvait comme s'il s'était dopé. C'était d'ailleurs ce qu'il recherchait. Tiésala s'inquiétait des états d'excitation de son frère, suivis de périodes de léthargie de plusieurs heures.

– Tu vas trop loin Fambi. Tu te fais du mal.

Sortant de l'un de ces états d'agitation qu'il subissait depuis quelques jours il sombrait maintenant dans la torpeur et parlait difficilement.

– Pas… de… problèmes… demain… ça… ira…

Au cinquième jour il dosa différemment les plantes. Fort de son expérience il était quasiment sûr de maîtriser la proportion respective de chaque ingrédient.

À onze heures ce matin-là, il se sentit en pleine forme. Plus de douleurs et une énergie retrouvée ! Il demanda à Tiésala de le conduire à la concession du devin. Sur la route chacun les saluait et félicitait Fambi de son rétablissement. Il ne répondait que par un geste de la main pour ne pas se fatiguer.

– Tu ne trouves pas que je ressemble au Pape avec ma salutation automatique ?

Tiésala, qui pédalait fougueusement en cherchant sa respiration se mit à rire :

– Ouaiy ! Et moi je suis la *papamobile* alors ?

Grisé par le médicament, il était totalement euphorique.

L'entretien avec Badjiouabi dura une bonne heure, sans résultat. Fambi voulait que le devin annonce une vision : que Tiésala était l'héritière féminine de génie de l'eau. Qu'alors, il fallait absolument qu'elle se marie au messager du crocodile. À Bahilama...

– Non. Je ne peux pas faire ce que tu me demandes. Ça n'est pas possible de mentir et de faire croire des choses pareilles... C'est non...

Malheureusement il n'avait pas réussi à convaincre le devin de participer à son plan. Terriblement déçu, le retour à vélo n'en fut que plus éprouvant et Tiésala dut s'arrêter une dizaine de fois pour que Fambi puisse se reposer.

– Ça ne s'est pas bien passé ?, se risqua-t-elle à demander une fois de retour à la concession.

Il s'écroula sur sa natte, gémissant de douleur, dépourvu du peu de forces qu'il avait encore avant cette course insensée.

– Ça ne fait rien... *Merci petite sœur*. Laisse-moi maintenant, je vais dormir.

Plusieurs semaines passèrent et Fambi ne se remettait toujours pas de la fatigue. Il ne se levait plus que pour les besoins vitaux et encore, avec quelle difficulté !

Puisque le devin ne voulait pas prendre le risque de se discréditer en inventant la prophétie qu'il lui proposait, le plan serait adapté. Heureusement Badjiouabi promettait de garder le secret. Mais, pour le malade, cela l'obligeait à s'impliquer personnellement un peu plus, un peu plus définitivement et ça, malgré tout, malgré les souffrances endurées, c'était plus difficile à accepter sereinement.

Utilisant sa sœur comme messagère et profitant de la pitié qu'il inspirait, il fit venir Kanima et le néli moré. Les paroles dites furent brèves et explicites. Il évoqua aussi indirectement que possible le départ de Bahilama en Côte-d'Ivoire, prétextant la nécessité pour lui de s'y rendre pour un culte ultime sur le grand fleuve de la Comoé. Il parla de la nécessité de sa propre mort, très proche maintenant.

Tiésala l'observait tout ce temps et cherchait à comprendre le plan de son frère. N'y tenant plus en cette fin de matinée, malgré la grande faiblesse et l'état général extrêmement dégradé de Fambi, elle osa enfin le lui demander.

– … Je... J'ai promis à Bahilama que... s'il accepte de prendre... la responsabilité du culte à Namou, il pourra se marier avec toi...

Tiésala était surprise de cette explication alambiquée.

– Pourquoi est-ce si important que le pouronti de Namou, le sacrificateur du génie-crocodile se marie avec moi ?

Le savait-il vraiment lui-même ? Qu'est-ce qui faisait le lien entre les deux ? Fambi raisonnait simplement : si Bahilama devenait le porteur du couteau de Namou, il serait obligé de rester au village. Il ne faisait pas de doute qu'à l'inverse, il ne resterait pas. S'il ne restait pas, Tiésala devrait se marier avec n'importe quel « Boman » imposé par la famille.

Si sa mort tellement proche maintenant qu'il pouvait la sentir vagabonder autour de son corps, devait servir à quelque-chose, c'était à ça : faire revenir Bahilama pour que ce soit lui qui épouse la petite sœur. Lui et personne d'autre !

– Je... ne sais pas… Peut-être parce qu'il est différent... Et... avant de partir *définitivement*, n'est-ce pas ? Je... voudrais être bien sûr que, toi, tu pourras vivre autre chose que ça..., dit-il en effectuant un large et lent geste du bras qui montrait l'intérieur de la petite case en banco.

Tiésala ne voulait pas l'inquiéter, il souffrait tellement, mais elle doutait tout de même de la bonne santé mentale de son frère.

– Tu es sûr que c'est ce que tu veux ? … Et... si, si je n'arrive pas à aimer Bahilama ?

Fambi eut une sorte de râle mêlé de rires étouffés.

– Si tu ne l'aimes pas ? Ah... Ça alors... *Démerdez-vous...*, dit-il dans un souffle quasi ultime.

CHAPITRE V

Au même moment, profitant d'une période de calme relatif, le jeune turka passait une partie de son temps à flâner dans le village proche du campement des militaires. Il pressait le pas pour se rendre à un rendez-vous galant non loin du marché du village. Ces rencontres étaient bien agréables. Les filles, mais aussi les femmes mûres étaient attirées par les soldats toujours prêts à rendre service. C'était réciproque. Oui, l'activité sexuelle lui remontait le moral. Il avait toujours mis, tant bien que mal cependant et parfois avec quelques incidents, les préservatifs que le régiment tenait à disposition des soldats.

Allongé dans le creux d'un majestueux fromager du Sénégal, un homme l'interpella :

– *Hé mon fils ! Viens me saluer !*

Yaya reconnut l'un des chasseurs dozos qui escortaient la compagnie Guépard depuis plusieurs semaines.

Les dozos viennent de toutes les ethnies des pays de la sous-région. Issus en majorité des villages, il y a aussi parmi eux quelques intellectuels et de hauts cadres de l'administration. Il paraît même qu'un Américain a été initié au dozoya ! Pour y accéder, il faut intégrer une confrérie dirigée par un maître, un initiateur exigeant qui enseignera à son élève l'intégrité, l'humilité, la loyauté, le mépris du mensonge, le respect des ancêtres, un dévouement sans faille et la capacité à faire respecter les codes de conduite morale et sociale.

Ils connaissent une somme considérable de savoirs. L'art de la chasse en est l'un des tout premiers. Pour les dozos, les animaux sauvages sont les troupeaux des génies. Une chasse ne sera fructueuse que si le chasseur se sent protégé des forces magiques de la brousse. Ainsi ils savent se concilier les forces surnaturelles qui peuplent la savane et les forêts. Pour que certaines proies puissent être chassées et consommées, le dozo doit respecter des règles strictes quant à la manière d'égorger, de couper la queue de l'animal et de le vider de ses viscères. Sans cela il risque d'être tué ou de devenir fou. En général le dozo tient sa réputation de la connaissance qu'il a des vertus pharmacologiques des plantes. On lui attribue également le pouvoir d'être présent en plusieurs endroits à la fois, de se métamorphoser et d'être invulnérable aux armes.

Son habit de chasseur est une véritable tenue de camouflage. Bonnet, chemise, pantalon étroit du bas sont en cotonnade, teints aux couleurs de la nature avec une dominante de jaune et de vert. La tenue du dozo ne doit jamais être lavée.

C'est aussi une armure : le bonnet et la chemise sont parsemés d'amulettes, de cordelettes magiques, de morceaux de verre ou de petits miroirs. Autant de protections contre d'éventuels ennemis ou contre les esprits mauvais, spectres de la brousse.

Certains dozos sont musiciens qui, tels des griots, chantent les louanges des chasseurs et glorifient leurs hauts faits. Certains chants et danses sont réservés aux seuls dozos ayant déjà abattu des animaux réputés difficiles. Les danses rappellent les démarches de ces animaux sauvages : le lanaya imite la démarche de la panthère, le sogogbankélé celle du rhinocéros.

Lors des cérémonies rituelles, la confrérie des dozos sort les masques. Chacune des têtes de ces masques incarne un animal : Maliène est le phacochère, Gnoumou l'antilope, Seenou le masque buffle...

Au delà de cet aspect presque bon enfant, les dozos se sont illustrés par leurs capacités à remettre de l'ordre là où les bandits, « coupeurs de route » et autres criminels faisaient régner la terreur en Côte d'Ivoire. L'impuissance des gendarmes et policiers incitèrent les notables et les responsables municipaux à faire appel aux confréries de dozos. Assurés de leur réputation, les dozos traquaient avec succès les malfrats qui avaient rarement l'occasion de recommencer : les plus chanceux étaient torturés avant d'être livrés aux forces de l'ordre, les autres étaient sommairement exécutés. La population les décriait, leur reprochant d'avoir passé à tabac des innocents et les redoutait tout à la fois.

Rapidement les dozos parvinrent à endiguer l'insécurité dans les zones où ils intervenaient. Lors des élections législatives et présidentielles de 1995, ils se chargèrent même de la protection des bureaux de vote et de la sécurité des candidats.

L'homme était âgé d'une quarantaine d'années. Il somnolait tout en tendant la main à Yaya qui, non sans appréhension, vint le saluer. Le dozo répondait poliment, entrouvrant les yeux pour mieux le sonder. Yaya répondait aux salutations du dozo qui sans transition, changea de conversation :

– Le vent du nord m'a apporté la nouvelle tout à l'heure, au tout début de mon songe, il y a très peu de temps : tu dois rentrer dans ton village !

Le Turka eu un mouvement de recul mais le dozo s'accrochait à sa main.

– Tu dois partir aujourd'hui. Si tu attends encore, il sera trop tard. Rentre dans ton village !

Les paroles du dozo résonnaient lugubrement en lui et pourtant : Enfin ? Enfin ! Le moment était donc venu de partir d'ici ! Lui qui avait eu tellement hâte de débuter en Côte… Il était maintenant extrêmement pressé de rentrer au village.

Le dozo se rendormit tenant encore la main du Turka dans la sienne.

Yaya la lâcha doucement et courut à la tente de son capitaine, celui-là même qui l'avait en quelque sorte accueilli il y avait maintenant presque huit ou neuf mois, peut-être plus, il ne savait plus.

Droit comme un piquet, les mains croisées dans le dos, le capitaine l'écouta attentivement. Après que Yaya eut demandé l'autorisation de partir sur-le-champ, il ouvrit une caisse d'où il retira le sac à dos prêté par Fambi :

– *C'est la promesse du commandant Chérif. Tu peux partir. Tiens ! C'est à toi. Il n'y a pas tout mais bon…*

– *Merci mon capitaine. C'est déjà ça.*

Pour ne pas mettre le capitaine en difficulté, il eut la pudeur de ne pas ouvrir le sac devant lui.

Le militaire signa un formulaire qu'il sortit d'une boîte en fer, un laissez-passer lui permettant de remonter à la frontière sans encombre. Il y apposa un vigoureux coup de tampon et le tendit au soldat Yaya. Puis il utilisa une calculette, nota un chiffre sur un morceau de papier, ouvrit une autre boîte en fer, hermétique et cadenassée, en retira une liasse assez conséquente de billets de banque qu'il tendit à Yaya-Bahilama.

– *Mon capitaine, je voulais, je voulais vous remercier...*

– *Me remercier ? Mais de quoi donc ?*

– *Je sais que si vous ne m'aviez pas recueilli il y a, je ne sais plus, un an peut-être ? J'aurais probablement été tué en cours de route.*

Le capitaine rit grassement :

– *Si tu appelles ça recueillir toi ? Moi j'aurais pas aimé être reçu avec un coup de pied au cul ! Ahahahahah ! Mais tu as raison, tu as eu de la chance de pas te faire descendre ! – il jeta un œil sur la feuille d'engagement – tu as signé avec moi le samedi 8 novembre 2003... et aujourd'hui, nous sommes le...10 septembre... 2004. Allez, bonne route. Et ne reviens plus te coller dans mes pattes !*

Yaya rangea le formulaire dans le sac, cacha fébrilement les billets dans son pantalon, salua le capitaine et sortit.

À ses camarades d'infortune, Yaya raconta l'injonction du dozo. Personne ne fit de commentaires. La parole d'un dozo ne se discute pas !

Adjourman fut plus languissant à faire ses adieux, serrant son ami Yaya dans ses bras puis lui tenant la main en marchant un peu avec lui et le serrant à nouveau.

Trois heures après, Yaya quittait le campement pour toujours.

Arpentant d'un pas rapide la piste poussiéreuse en direction du nord, il revenait au pays, inquiet de ce qu'il allait y trouver. Il n'avait pas peur de revenir, il était juste intrigué de son devenir.

À midi le lendemain, Bahilama descendit du véhicule. Le taxi brousse l'avait déposé quasiment au même endroit que lorsqu'il était parti. Bahilama étreignait son sac à dos, regardant la concession du tailleur, la dernière qu'il avait vue avant de partir, la première maintenant. La boucle était-elle bouclée ? Les siens allaient-ils le reconnaître ? Avec ses deux doigts et ses trois phalanges en moins et cette cicatrice qui lui lézardait la joue gauche, il n'avait pas l'air très engageant. Il emprunta le chemin de brousse. Les champs de mil ondoyaient de part et d'autre. Sa main frôlait les épis, provoquant un balancement apaisant.

Il ne tarda pas à croiser un garçon à vélo. Celui-ci freina brutalement et le regarda fixement. Sans dire un mot, il fit des gestes précis avec ses mains.

Bahilama reconnut le petit Noyona « N'a pas de bouche », l'un des enfants sourds et muets du village. À Toumousséni, tous les Turkas savent parler un langage à l'usage des sourds et muets. Pourtant il n'y a pas d'école pour l'apprendre. L'apprentissage se fait au gré de la vie en observant les aînés communiquer de la sorte. Très vite, chacune et chacun connaît comment utiliser cette langue des signes pour se faire comprendre. Il semble que l'origine de ce langage se trouve au sein des sociétés secrètes de chasseurs qui, dans la brousse, utilisent ces codes complexes pour échanger silencieusement.

Agitant précisément les mains, s'accompagnant de sa bouche par des mouvements muets, Noyona l'interpella à sa façon :

– Bahilama ? C’est toi ?

L'autre lui répondit en utilisant les mêmes codes :

– C’est moi… puisque tu me connais, va prévenir ma mère que je suis de retour…

Le garçon positionna son vélo et appuya frénétiquement sur les pédales pour mieux foncer.

Bahilama ajusta ses lunettes de soleil sur son nez. Il marchait d’un pas lourd comme lorsqu’il revenait d’une longue marche militaire. Il savait pertinemment que dorénavant quitter le village serait très difficile. Il pensait aussi à Fambi qui devait certainement être mort puisque lui, était là…

Au fur et à mesure qu’il avançait au cœur du village une émotion grandissait en lui. C’était étrange ! Là, maintenant, il avait envie de pleurer.

Un attroupement de personnes venait à sa rencontre. Il reconnut bientôt celui qu’il avait croisé tout à l’heure accompagné de plusieurs jeunes de son quartier de Klamou. Orombi était là également, les yeux écarquillés pour mieux croire à l’apparition qu’il attendait depuis des mois.

Fièrement installés sur leurs vélos, de riches jardiniers utilisaient leur téléphone portable pour informer les autres de la nouvelle.

Il les salua et enlaça vigoureusement son frère. Oui, il était revenu « après avoir passé un temps infini, suspendu, en brousse, à côtoyer le crocodile. » Ce serait la version officielle.

Sur le minuscule chemin de terre, les jeunes l'entouraient, Orombi à ses côtés.

– Bahilama ! Fambi est mort….

– Je sais… Quand est-il mort ?

– … Hier, en fin de matinée… les tantipandiraba, (les guérisseurs porteurs de cadavres) sont à la concession de ses parents et les forgerons creusent la tombe en ce moment même…

Les jeunes commentaient sans vergogne les cicatrices de Bahilama. Le crocodile est très exigeant, disaient-ils. Combien de temps était-il parti ? Certains avançaient le chiffre de trois années...

Arrivés tout près de la concession maternelle les jeunes cessèrent d'accompagner le « fugitif ». La mère, la niou courut vers son fils aîné enfin revenu. Elle gémit de douleur en palpant les cicatrices, le serra dans ses bras, l'embrassa à l'européenne deux bises sur chaque joue, ce qui fit bien rire les enfants.

– Tu es fatigué, mon garçon… Viens... viens te reposer maintenant...

C'était vrai, il était épuisé d'émotions, mais il devait vite partir honorer le défunt Fambi. Il changea de tee-shirt, se passa un bon coup d'eau sur le visage, avala un bol de riz pimenté, se lava encore le visage et les mains puis il partit.

À nouveau le cortège se reforma. Il aurait bien aimé s'en débarrasser mais comme prendre le vélo ne lui avait même pas traversé l'esprit, il allait à pied et les enfants et les adolescents se relayaient pour suivre le rythme rapide qu'il imposait à la petite troupe. Enfin, à une centaine de mètres de la concession tous purent entendre les balafons rythmant les funérailles de Fambi. Bahilama eut un moment de surprise :

– Comment ? Fambi est enterré comme un ancien ?

Orombi confirma :

– Kanima dit que ces dernières semaines, Fambi n'a eu de cesse de lui raconter ce que vous avez fait tous les deux en brousse. Il a raconté vos aventures avec le crocodile... Vos disputes aussi... Et ton courage face à la colère du croco...

Bahilama hochait simplement la tête en guise d'approbation. Fambi devait avoir de bonnes raisons. Bien souvent le mensonge est un remède efficace à l'impossible vérité.

– Il a dit à son vieux que vous étiez maintenant liés par le génie de l'eau.

– Comment a réagi son père ?

Orombi était gêné.

– Heu heu... Il a dit que son fils n'avait plus toute sa tête... Que la maladie le faisait délirer...

À ce moment-là, Tinibi le fils de Kanima, s'approcha pour saluer Bahilama. Il le fit affectueusement comme on le fait pour une personne qui est en deuil. L'ex-soldat reprit sa marche tout en devisant. Tinibi frappait sans conviction les enfants qui approchaient de trop près « le revenant » pour toucher les doigts manquants.

Tinibi était de plus en plus excité. C'était la première fois qu'une telle scène se produisait au village !

– Tinibi, Comment est-ce possible ? Fambi a les funérailles d'un ancêtre ?

– C'est mon père ! Et Badjiouabi le devin ! Ils vous ont vus quand ils sont allés chasser ensemble il y a dix jours ! Vous étiez tous les deux en train de vous disputer avec le crocodile.

Badjiouabi ayant finalement reconsidéré la proposition de Fambi, s'était accordé avec Kanima pour mettre au point cette louable mystification : un lien supplémentaire existait désormais, unissant le crocodile, Bahilama et Fambi. Ainsi, du fait de cette relation mystique à trois, l'alliance entre Bahilama et la sœur de Fambi devenait légitime. La meilleure des choses. Cela faisait partie du fameux plan et Sifati le père de Tiésala n'avait plus qu'à s'y résoudre.

Tinibi regarda la main de Bahilama amputée de deux doigts, puis la cicatrice sur le visage.

Le regard dissimulé derrière ses lunettes noires, Yaya-Bahilama marchait.

À l'approche du lieu des funérailles, tous les petits enfants se mirent en retrait. Seuls Orombi et Tinibi l'encadraient.

Les forgerons creusaient la tombe juste devant l'entrée de la concession de la famille Son tandis que les balafonistes psalmodiaient des paroles chantées en l'honneur du défunt.

La tombe était bien avancée.

Ce n'est pas facile de creuser dans un sol durci par la sécheresse. D'autant que la tombe turka est relativement complexe : il faut creuser une première fosse, rectangulaire, large et profonde. C'est là le niveau intermédiaire entre le monde des vivants et les autres... Du fond de cette fosse, les fossoyeurs – les forgerons – creusent une chambre souterraine sur le côté. Une chambre à peu près ronde, symbole du monde mystique, dans laquelle est installé le mort. Elle peut contenir plusieurs cadavres ce qui évite à chaque fois des travaux supplémentaires.

Bahilama croisait maintenant les visages si familiers : Kanima, chargé de porter la dépouille de Fambi dans la chambre mortuaire, le néli-moré, le devin et tous les dignitaires des clans turkas étaient rassemblés autour des musiciens. Personne ne semblait être surpris par son arrivée. Il salua les balafonistes et fouillant dans ses poches, en retira quelques pièces de monnaie qu'il laissa tomber sur l'instrument de musique. Ce geste, acte de respect, déclencha la joie et la virtuosité des instrumentistes sur l'imposant balafon des funérailles.

Tout près de la porte de la case de la plus vieille des femmes de la concession, le corps de Fambi était là, allongé à terre, recouvert d'un linceul, soutenu par les parentes du défunt, leur visage masqué par un foulard légèrement parfumé pour mieux supporter l'odeur âcre du mort. Parmi toutes, il reconnut Tiésala.

Un peu à l'écart sous la fraîcheur relative d'un manguier, une femme blanche était assise dans un relax occidental. Il ne l'avait pas vue et c'est Orombi qui lui signala sa présence. Il s'en approcha donc en essayant de se rappeler cette femme. Lorsqu'elle lui adressa la parole il reconnut la technicienne de l'ONG, revenue comme convenu pour aider les jeunes dans l'aménagement des jardins.

– *Eh bien ! Ils avaient raison les vieux !*, dit-elle désinvolte. *Te voilà revenu le jour même de l'enterrement de ton compère !*

Ils se serrèrent la main.

– *Alors ?*, demanda-t-elle, prenant un air mystérieux, écarquillant les yeux, *c'était comment... la brousse ?*

Surpris par l'attitude si masculine de cette étrange femme, il ne fit que des salutations en français auxquelles l'européenne répondait d'un air badin. Il lui adressa un sourire poli et se tourna vers les balafons des funérailles.

Tiésala lui adressa un léger salut de la tête. Elle vit la cicatrice sur le visage et les blessures à la main. Elle eut un pincement au cœur mais ne laissa rien paraître.

– Alors mon fils, te voilà revenu...

C'était Kanima, le visage à la fois grave et amusé.

Bahilama ne pouvait serrer la main du vieux pendant les enterrements. Il était un impur, un pandiraba, un porteur de cadavre. Le guérisseur le regardait de travers...

– Yé ! Tu as l'air bien fatigué... C'est le séjour en brousse qui t'a épuisé ? *Mon cher,* j'attendais ton retour avec impatience ! Ta présence aujourd'hui est un don de Dieu.

Bahilama répliqua fermement, sans réfléchir :

– Dieu se fout pas mal de ma présence ! Je suis revenu pour saluer une dernière fois le frère.

Il en fallait plus pour déstabiliser Kanima.

– C'est ça ! Et épouser sa sœur ? Kanima souriait. Tu vas épouser *« la femme »* sans débourser quoi que ce soit – il faisait mine de scruter l'assistance de ses yeux perçants à la recherche sans doute de quelque sorcier venu profiter d'une si belle assistance – et prendre enfin ta vraie place dans le village, en vrai Turka que tu es...

Bahilama se détourna rageusement et fonça vers les femmes qui entouraient le mort. Tiésala le salua brièvement d'un mouvement de tête.

Le néli moré arriva à sa hauteur.

– Anisoroma, (bonjour) dit-il, parlant dioula. Comment vont les gens de la brousse ?, désignant ainsi les génies.

Bahilama salua très rapidement marmonnant entre ses dents.

Quelque chose ne lui paraissait ni normal ni inacceptable. Ça n'était pas la mort de Fambi, elle était attendue. Ça n'était pas non plus le fait d'être revenu au village.

Non il y avait autre chose. Bien sûr Bahilama était conscient que nul ne savait d'où il venait et ce qu'il avait vécu. Peut-être était-ce cela. Il aurait eu besoin de reconnaissance pour ce qu'il venait de faire : la guerre, la Côte, les blessures. Cela l'énervait et cela l'énervait d'être énervé.

L'entourant de ses bras, le néli moré l'entraîna à l'écart. Bahilama se défit vigoureusement de son étreinte. Après avoir passé tous ces mois à se battre il ne supportait pas d'être touché comme ça... Il avait quitté le village en jeune homme et il y revenait en tant que combattant. Du moins, c'est ce qu'il voulait croire.

– Qu'est-ce que tu me veux ?

– Eh bien ! Ta question est directe ! Tu ne veux pas prendre de mes nouvelles avant ça ? Mmmmm... ? – Bahilama restait renfrogné – Tu es fatigué de ton long séjour en brousse ? Je le sais bien, Namou est difficile à contenter.

Bahilama le toisa, disant à peu près ce qui lui passait par la tête :

– Namou, c'est la guerre ! La lutte, le combat, l'injustice, la mort ! J'ai vu tout ça, moi !

Surpris par une telle description le néli moré hésita. Bien sûr pour que le plan de Fambi réussisse, il avait fallu la complicité de Kanima et du néli moré. Bahilama ne se doutait pas qu'ils savaient. Mais ce que les deux compères ignoraient, c'est qu'il revenait de la guerre.

– Non... Non... Namou ne peut pas être ce que tu décris... Tu... tu as probablement mal interprété certaines de ces paroles ou alors peut-être a-t-il eu des gestes maladroits envers toi ?

Planqué derrière ses lunettes de soleil, Bahilama se décida à tout dire et s'il était banni du village après ça, eh bien tant pis ou tant mieux, il s'en retournerait chez les Guépards.

– Néli moré, je vous respecte, ta famille et toi. Puisque tu sais que je suis parti en brousse, sais-tu que je suis aussi parti jusqu'en Côte d'Ivoire ?

– Oui, bien sûr, je le sais !

Bahilama eut un instant de doute mais il décida de rester sur le même ton :

– Écoute ce que j'ai à te dire ! – Le néli moré eut tout de même l'air surpris par son ton agressif – Je viens de passer des mois et des mois à me battre contre des Africains qui revendiquent leur supériorité sur les autres. Je me suis battu comme militaire, main dans la main avec des tas de types de toutes les ethnies… Pourquoi ? Pourquoi Dieu s'occuperait-il des Turkas ? Dieu en a vraiment rien à foutre des Turkas…

Le néli moré lui fit signe de parler moins fort. Inquiet il zieutait et l'entraîna plus à l'écart encore.

– Oui oui, Kanima et moi nous savons que tu reviens de là-bas. Et Fambi était certain que tu reviendrais pour ses funérailles. Mais... Je ne savais pas que tu étais devenu militaire...

Il regarda anxieusement ses blessures :

– Ne dis rien de tout ça à qui que ce soit… Je me charge d'en informer Kanima.

Il parlait dans un murmure, d'une voix douce, presque craintive, presque méfiante.

Malgré ça et même si cela lui semblait ridicule compte tenu de la situation présente, pour le convaincre il s'évertuait à vouloir lui expliquer l'ordonnancement du monde :

– Écoute-moi, le crocodile, Namou, est une chose... Nangou en est une autre : Nangou, c'est le père et c'est la mère, c'est la vie tout entière. Namou n'est que le messager de Nangou et toi tu es le messager de Namou... Tu reviens de la brousse et de la guerre... Tu as vu les choses... Non ?

Bahilama resta impassible. Il ne voyait pas le rapport. Le néli moré continua :

– Namou et Nangou doivent communiquer avec nous pour que les femmes du village portent leur bébé jusqu'à terme, pour que les récoltes soient bonnes... Pour que les maladies ne déciment pas les troupeaux. Pour que notre village ne soit pas en guerre justement !

Cela faisait rire aigrement le jeune turka qui n'avait pas envie de polémiquer sur ce qui est une vision du monde indiscutable aux yeux des Turkas. Il coupa court :

– Bref ! Et mon père qui est parti ? Lui est mort, mais les gens du village se portent plutôt bien non ?

– C'est exact, c'est exact... Mais ça n'a pas été facile. Il y a eu de gros problèmes... Si tous les malheurs ne se sont pas abattus définitivement sur le village, c'est que nous avons pu trouver un remplaçant provisoire...

– Ah ? Voilà autre chose ! Et qui a eu ce grand honneur ?

– Poupouteli.

– Poupouteli ? s'exclama-t-il avec stupéfaction. Ça alors ! Eh bien, on n'a pas fait trop de publicité là-dessus ! – le néli moré ne comprenait pas et Bahilama n'insista pas – Très bien ! Alors, que je sache, Poupouteli n'est pas mort ! Si ?

– Comment tu le sais ? Il est peut-être mort depuis dix minutes ? Il est peut-être mort depuis quelque temps ? Tu as été absent très longtemps ! Allons... Poupouteli n'a plus de force, tu le sais bien ! Et puis, surtout, le crocodile est venu dans tes rêves pas dans les siens ! Mmmm... Fambi était jeune... Et pourtant il est enterré comme un ancien ! Pourquoi ? Ça devrait te faire réfléchir !

À ce moment-là, des Lobis arrivèrent pour présenter leurs condoléances...

Le peuple des Lobis occupe une région partagée entre le Burkina-Faso, la Côte d'Ivoire et le Ghana. Quelques Lobis vivent et travaillent non loin des villages turkas. Lobis et Turkas sont liés par la parenté à plaisanteries, ce qui signifie que quelles que soient les circonstances, les uns peuvent se moquer à outrance des autres sans craindre ni les foudres ni la violence de ces derniers.

Un murmure se fit entendre dans l'assemblée. Kanima tenta immédiatement de s'interposer pour empêcher les quatre Lobis qui venaient d'entrer dans la cour, d'avancer. Visiblement éméchés où faisant mine de l'être – comment savoir ? – ils serraient les mains en riant, se moquaient des enfants sales et lorgnaient ostensiblement les jeunes filles.

L'entrée en scène des Lobis provoqua un vent de panique dans l'assistance. Les femmes se cachaient, les hommes prenaient place autour de la tombe pour la protéger pendant que Kanima, le néli moré et le père de Fambi allaient à leur rencontre en se lamentant. Il y avait une sorte de paradoxe à voir les quatre Lobis plaisanter et se moquer de toutes et de tous tandis que les hommes qui leur faisaient face gémissaient et pleuraient.

Tinibi et Bahilama se tenaient à distance, fumant une cigarette.

– Fambi serait heureux d'assister à ça… dit Tinibi.

– Il l'est…, commenta simplement Bahilama, qui se calmait petit à petit, soulagé d'avoir dit ce qu'il avait à dire.

Les Lobis souhaitaient descendre dans la tombe afin de vérifier l'état des travaux. En fait c'est un prétexte pour s'installer dans la fosse d'où ils sont indélogeables jusqu'à obtenir le prix de leur sortie : un bœuf ou plusieurs moutons. Une requête impossible à refuser et qui peut mettre la famille du défunt dans une grande difficulté financière. Le père de Fambi leur proposa avec insistance de rester partager le repas et consommer autant de vin de palme et de dolo qu'ils le souhaiteraient.

Les quatre Lobis, tels des acteurs de théâtre, s'approchèrent nettement de la tombe. Avec Kanima, plusieurs hommes formaient un barrage serré. Ils ne pourraient pas les retenir longtemps et il était impossible d'en venir aux mains, solution qui aurait été pourtant radicale ! Les quatre lascars gardaient l'avantage tandis que la tension et l'énervement montaient très vite. Il fallait absolument trouver un accord !

Au bout d'une longue heure de palabres, de bousculades plus ou moins contrôlées, les Lobis ayant écouté le père de famille qui expliquait pour la dixième fois combien son fils avait souffert de LA terrible maladie, acceptèrent de s'asseoir à côté des canaris de dolo et de vin de palme. Les femmes leur apportèrent de la viande et du tô. La cérémonie pouvait fort heureusement continuer et être menée à son terme.

De toute la journée le néli moré ne revint plus vers Bahilama.

Pendant les jours et les semaines qui suivirent, l'aîné des jardiniers s'habitua à son nouveau statut. Personne ne lui demandait de raconter son supposé séjour en brousse. On ne pose pas de questions à ceux qui partent acquérir un statut magique dans le monde dangereux des génies. On fait comme si rien ne s'était passé.

Cela l'arrangeait bien.

Les visites du néli moré ou de Kanima se multipliaient :

– Il faut que tu prennes en main l'organisation des jardins près du marigot.

– Il faut que tu surveilles tes rêves.

– Il faut que Tiésala connaisse ta volonté de l'épouser.

S'il y avait une chose qu'il voulait faire sans qu'ils eussent besoin de le lui commander, c'était de rencontrer la sœur de Fambi. Comment fallait-il faire ? Que ressentait-il pour elle ? Il n'en savait rien. Il se rendait compte que de tout son séjour en Côte, il n'avait que très rarement pensé à elle. Il sentait bien que cette jeune femme était différente et qu'il ne pourrait la séduire de la même façon qu'il avait séduit les filles jusqu'à présent. Et pourtant, il manquait d'imagination, comme s'il était anesthésié à l'idée de rencontrer cette jeune fille. Alors, il s'était résigné à faire une demande en mariage presque classique... Quelque-chose qui ressemblerait à une demande en mariage sans se plier au rouleau compresseur clanique soutenu par le versement de la dot, en passant par l'intermédiaire d'une « diati ».

Les « diatinaba » sont des relations amoureuses le plus souvent platoniques. Une alliance entre garçon et fille qui repose sur des échanges de services. Chaque Turka, femme et homme, entretient une ou plusieurs relations – un diati siri – avec des diatinaba. Un jeune homme et une jeune fille célibataires peuvent décider d'établir entre eux une relation amoureuse pour être l'un pour l'autre, un ou une diati. Ce peut être aussi une personne mariée quel que soit son sexe, qui veut établir un diati siri avec une autre personne de l'autre sexe, mariée ou pas.

Parfois ce sont les parents qui décident que leurs enfants deviendront diati l'un pour l'autre. Une façon pour les familles de renforcer les liens entre elles.

Bahilama avait quant à lui sept diatinaba. Il les avait négligées depuis son retour mais il suffisait de peu de choses pour les réactiver.

Sa diati préférée était une fille à peine âgée de treize ans. Pleine de vie, haute comme trois pommes et surtout très coquette, ce qui avait attiré Bahilama, Mafamoukou, « Mon bien me tue », était promise à un Turka parti travailler en Côte d'Ivoire. Lors d'une fête du village alors qu'elle n'avait pas plus de dix ans, ils avaient croisé leurs regards à plusieurs reprises mais ils ne s'étaient rien dit.

Dès le lendemain matin, Bahilama lui envoyait l'un de ses meilleurs amis, un diembla, pour voir si elle accepterait de devenir sa diati. Mafamoukou accepta et très rapidement il lui rendit visite et lui offrit de petits cadeaux. En retour, elle porta un peu de nourriture à son nouveau diati.

À chaque fois qu'ils se voyaient, ils riaient, se regardaient langoureusement et parlaient ensemble de tout, de rien, de l'amour.

Autrefois les diatinaba ne devaient jamais avoir de relations sexuelles entre eux. Aujourd'hui même si cela n'est plus tabou, les diatinaba préfèrent s'en abstenir ou garder la relation secrète pour ne pas risquer de détériorer la relation actuelle et celle à venir entre diati et mari ou épouse.

Il faut dire que peut-être grâce à cette absence de jalousie, le mari est très prévenant avec le diati de son épouse. Il vient à sa rencontre, le complimente, lui laisse son meilleur fauteuil. Cette déférence n'est possible que parce qu'il y a entre eux une grande confiance.

Les états amoureux pour les diatinaba constituent l'un des sujets de conversation préférés de toutes et de tous. Et pourtant disent-ils, « c'est bien plus le travail que l'amour qui nous fait courir vers nos diatinaba ». Or, les travaux dans les rizières exigent beaucoup de main-d'œuvre. Les femmes en sont les propriétaires exclusives alors que maris et hommes de leur concession n'y ont aucun droit. De fait ils y travaillent peu. Comme unique obligation ils doivent une fois dans l'année aider les femmes à nettoyer les champs humides. Il faut donc trouver de la main-d'œuvre à l'extérieur de la maison « sogou », ou du clan. C'est ainsi que les garçons, et plus largement les hommes diatinaba, sont sollicités plusieurs fois l'an pour aider aux travaux des rizières.

Sans compter les petits services qu'une femme ne manque pas de demander à l'un ou l'autre de ses diatinaba, comme participer à la construction d'une case, faire des courses à la grande ville de Banfora.

En contrepartie les femmes et les filles diatinaba doivent prêter main forte aux hommes dans la préparation colossale des mariages. Un homme ne peut aucunement envisager le bon déroulement de ces épousailles si complexes sans leur aide précieuse.

Bahilama arriva à la case de Mafamoukou au milieu de l'après-midi. Elle était occupée à préparer le mil pour le repas du soir. Elle laissa son ouvrage et vint le prendre par la main, l'entraînant pas trop loin à l'écart de la concession. Ils étaient tous deux très émus de se retrouver. Elle minaudait tandis que pour l'épater il s'inventait des exploits en brousse qui la faisaient tantôt frissonner de frayeur tantôt gémir de douleur pour les blessures de son diati. Il repartit deux heures plus tard avec l'assurance qu'elle s'occuperait d'organiser le mariage et de mobiliser toutes les autres diatinaba.

Néanmoins, Bahilama allait devoir sans délai travailler sept jours entiers pour la mère de Mafamoukou. Trop jeune pour posséder ses propres rizières, elle utilisait ses diatinaba pour les travaux des champs de sa mère qui en était évidemment ravie !

Un matin la sœur de Bahilama accompagna la femme blanche de l'ONG jusqu'au pas de porte de la petite case de Bahilama. Il se leva de son lit de paille et la fit entrer. Toujours aussi désinvolte et autoritaire elle jeta son sac sur le lit et en sortit un carnet ainsi que de quoi écrire.

Elle mâchonnait son stylo fébrilement.

– *Bon, jeune homme je vais droit au but : les jardins doivent être reculés d'une cinquantaine de mètres... L'ONG va vous aider pour racheter des graines et des plants. Pareil pour les clôtures, vous ne pouvez plus faire de clôtures en coupant les branches des arbres. On va vous fournir du grillage. Comme tu es l'aîné des jardiniers, le chef, tu dois m'aider à faire passer le message.*

Elle notait ce qu'elle disait sans se préoccuper de ce que faisait Bahilama qui attendait tranquillement qu'elle finisse son travail. Reculer les jardins, cela constitue une entreprise colossale mais bon... Cinquante mètres d'écart supplémentaire entre le marigot et les jardins signifient un gros effort de portage d'eau en plus... Mais bon...

Il était bien inutile de tenter de se faire écouter de cette drôle de femme mal coiffée qui sentait fortement la citronnelle, odeur que les Africains comparent souvent, sans penser nullement à mal, à celle du cadavre.

Le regard de la technicienne allait du visage de Bahilama au mur de la case. Il s'en aperçut. Il en était gêné. Il eut à peine le temps de réaliser ce qui se passait : Elle se précipita soudainement sur le poster de la pin-up en string, restée là sans bouger tous ces longs mois. En un seul instant elle en arracha la plus grande partie, ne laissant qu'une tête et un cou décapités du reste du corps...

Entrant dans une colère indescriptible, froissant le poster avec hargne, elle criait dans la petite case :

– *Ça ! ça c'est inadmissible ! Vos photos de nous en putes dans vos cases, ça suffit ! Y'en a marre de votre putain de machisme ! On le sait bien ! Vous prenez les femmes pour de vulgaires sacs à mioches !*

Stupéfait, Bahilama la regardait sans comprendre. Le peu de temps que dura cette scène lui sembla une éternité.

Puis il se leva à son tour, soudainement proche d'un état second, s'approcha lentement de la femme et, sans réfléchir, il lui décocha une gifle monumentale qui la fit s'asseoir brutalement sur le lit. Elle n'aurait jamais imaginé que cela fût possible.

Lui non plus.

Mais elle était maintenant dépassée par la situation qu'elle avait provoquée. Bahilama sentait monter en lui une étrange sensation de froid. Son corps s'enveloppait d'une surprenante impression de carapace. Lorsque la femme blanche se releva avec force pour lui rendre sa gifle, il fut surpris de s'entendre lui parler en turka d'une voix sourde et rude :

– Je te conseille de ne pas faire ça...

Il était très près de son visage. Elle eut un mouvement de recul et de répulsion.

– *Mais tu pues mon vieux ! Aaaah... ça ne se passera pas comme ça ! Tu vas regretter ça, c'est moi qui te le dis !...*

En même temps qu'elle tentait vainement de le repousser elle éprouvait une grande frayeur, un épouvantable dégoût à respirer l'odeur de Bahilama.

Il lui ordonna de sortir, cette fois-ci en français, d'une voix à peu près normale :

– *Tu dégages de ma case maintenant... Vite...*

Apeurée, elle ramassa ses stylos et cahiers en tremblant. Il ne la quittait pas des yeux tout en contrôlant au mieux sa respiration par de profondes aspirations. En cet instant il se sentait autre.

– *Pars et ne reviens jamais ici* dit-il sèchement. *Si tu racontes ce qui vient de t'arriver, je ne sais pas ce qui va se passer mais ça va mal aller pour toi...*

Elle renifla. Des larmes coulaient sur ses joues burinées. Elle passa la porte et disparut.

On n'entendit plus parler d'elle dans le village.

Dès que Bahilama se retrouva seul, il sentit à nouveau son corps qui « bougeait ». Cette impression de carapace, de froideur... La puanteur évoquée par la femme blanche c'était de toute évidence l'odeur du crocodile. Lui ne la sentait pas. Les autres, oui ! Il était bouleversé par ce qu'il venait de faire. Mais il n'avait pas eu le choix, Namou avait choisi, pas lui. Il était comme le crocodile. « Enfin ! » pensa-t-il, il savait maintenant à quoi s'en tenir. C'était étonnant que cela arrive à l'occasion d'une dispute avec une toubab, une femme blanche.

Baumani la petite sœur, arriva précipitamment.

– Eh mon frère ! Que s'est-il-passé avec la femme ? Elle est partie du village avec sa voiture en jurant qu'elle ne remettrait plus jamais les pieds ici...

– Approche-toi de moi... Dis-moi si je pue...

Baumani renifla bruyamment son frère et haussa les épaules.

– Il faut que tu te laves, mais ça va... Tu sens *« mon frère »* mais tu ne pues pas...

Le départ de la technicienne de l'ONG ne souleva guère de commentaires de la part du néli moré. Il allait faire sa demande d'aide au préfet, sans y croire vraiment : on était habitué aux revirements soudains et inexpliqués des toubabs, les Blancs. Lors de l'une des assemblées villageoises, les travaux des jardins avaient été évoqués et ils étaient quelques-uns à regretter de ne pas pouvoir compter sur les fonds financiers de l'ONG. Bahilama, qui se sentait entièrement responsable de ce départ inattendu, assura qu'il dirigerait les travaux.

Plus les jours passaient, plus il était sollicité par les uns ou les autres, les jeunes surtout, pour avoir son conseil ou son sentiment.

Était-ce cela que voulait le crocodile ?

Il rendait souvent visite au vieux Poupouteli qui, quoique très affaibli, l'aidait du mieux qu'il le pouvait :

– Moi, je n'ai jamais ressenti ce que tu as ressenti. Namou ne m'a jamais fait cet honneur. Je n'ai jamais été dans la peau du crocodile comme toi. J'ai accepté d'être le remplaçant de ton père en attendant que ce qui arrive... arrive...

Bahilama raconta la déconvenue avec la toubab. Poupouteli s'en amusa :

– Elle a peut-être bien eu ce qu'elle mérite, non ?

L'aîné des jardiniers insistait.

– Dis-moi le fond de ta pensée !

Poupouteli hésitait, tenté par la détermination du jeune turka et tenu de rester à la place si particulière qui est la sienne au sein du village, ce qui n'a jamais facilité l'expression de sa parole.

Bahilama était bien l'un des rares à s'intéresser à lui.

– Bon... ! Mouha-ain ! (Écoute !) Tes questions sont difficiles. Je vais te dire une bonne fois pour toutes ce que je crois et après ça, promets-moi de ne plus m'embêter. Accepte ton destin en bon fils que tu dois être !

Il le lui promit, ça ne l'engageait à rien...

– Vois-tu, depuis longtemps maintenant, la religion musulmane progresse dans notre pays et même dans notre village ! Je ne sais pas pourquoi... Le Dieu des musulmans n'est pourtant pas plus efficace que le nôtre ! Je me souviens lorsque le vieux Baperma, « Celui qui se sépare », a voulu se convertir à l'Islam... Ses fétiches et ses ancêtres l'ont menacé de mort... Il a renoncé... Beaucoup de nos enfants et même leurs pères et mères vont à l'une ou l'autre des mosquées du village. Je crois que ça fait peur à notre néli moré et aux responsables des sacrifices des quartiers du village. Ils craignent que les traditions du village soient remplacées par l'Islam. Ils craignent que leur pouvoir soit...

Bahilama encouragea Poupouteli à continuer.

– ... Ah ! Je ne savais pas si tu étais encore là ! Je ne suis pas habitué à parler autant en une seule fois ! Bon... ! Le néli moré et les autres avec lui veulent absolument renforcer les traditions pour que rien ne change. Et le crocodile est ce qu'il y a de plus ancien en nous. Il fait peur. Il est la mort et il est la vie...

Poupouteli se mit à rire :

– Je sais que tu as voyagé en brousse mon fils... tu n'as pas peur des changements, de l'instabilité ? Moi si ! Enfin... Avant d'être aussi vieux, j'avais peur ! *En tout cas*, personne ne veut vraiment que ça change ! Est-ce que tu crois que les uns et les autres seraient heureux de marier les filles du clan sans recevoir la dot ? Est-ce que tu crois que ta mère peut enterrer les vieux du lignage sans dresser l'autel des ancêtres ? Elle renoncerait à ce que l'esprit du vieux mort la protège ? Il faut maintenir les traditions coûte que coûte.

– D'accord ! s'exclama Bahilama. Mais il y a bien des cultes que l'on ne fait plus au village, le Dogo par exemple ! Il n'existe plus et pourtant nous continuons de vivre. C'est bien censé être le culte le plus puissant du village non ?

Le culte du Dogo ! Jusque dans les années 1950, tous les hommes de Toumousséni et des autres villages turkas pratiquaient l'initiation du Dogo. C'était un moment fort de la vie sociale et religieuse. Pendant plusieurs semaines, les hommes non-initiés de toutes les classes d'âge partaient en brousse, apprenaient toutes sortes de secrets, parlaient une langue connue d'eux-seuls et changeaient de nom pour prendre celui d'un ancêtre. Les forgerons, du fait de leurs liens originels aux génies de l'eau, en avaient et en conservent encore l'initiative. Mais pour que l'initiation soit organisée, il faut plusieurs signes connus des seuls initiateurs. Lorsque certains arbres perdent leurs feuilles plusieurs années de suite, cela constitue l'un des signes. Aujourd'hui les forgerons disent que si le Dogo ne revient pas, c'est que les Turkas n'en sont plus dignes.

Poupouteli attrapa la main de Bahilama.

– Sinni ! (C'est vrai !) Mais n'as-tu pas vu aussi combien ils entretiennent ce fétiche avec soin ? Au cas où...

Le Dogo, objet de fer symbole du pouvoir des forgerons, est gardé précieusement dans la concession du plus vieux d'entre eux.

Poupouteli ne le lâchait pas. Il rit encore puis s'énerva un peu :

– Je ne crois pas que le Dieu des musulmans puisse empêcher le Dogo de revenir. Bien avant que je ne devienne vieux, les jeunes partaient déjà travailler en Côte d'ivoire. Ils y partent pour « gâter » leur nom turka ! Ça remplace le Dogo maintenant ! La preuve : ils changent de nom en arrivant là-bas et reviennent avec un prénom musulman. Autrefois pendant le Dogo, nous changions de nom le temps de l'initiation, chacun adoptait celui d'un ancêtre. Et maintenant ? Tu vois, ça ne fonctionne plus...

Bahilama comprit ainsi que les anciens, les aînés, voulaient se servir de lui pour renforcer le pouvoir des traditions et maintenir l'équilibre entre les deux religions influentes. Pourtant, jusqu'à présent les villageois adoptent l'Islam en restant attachés aux cultes des ancêtres et aux génies de lieux. Le néli moré, garant des traditions se dit lui-même musulman. Kanima, le contre-sorcier, s'habille parfois en musulman pour, dit-il, paraître caché et tromper ainsi ses ennemis sorciers.

Quand il était adolescent, Bahilama aimait aller au campement des peuls musulmans, envoyé par sa mère pour acheter du lait ou du miel. Se laver les pieds puis s'asseoir sur les tapis aux couleurs chatoyantes subtilement disposés sous les abris précaires le ravissait. Ainsi protégé de l'harmattan, l'alizé venu du Sahara, chaud, sec et poussiéreux, il savourait le thé que préparait Minata, l'une des deux épouses d'Amin, le chef du camp peul. Les hommes peuls ne se lassaient jamais de parler de leurs troupeaux, des robes de leurs vaches, de la personnalité de chaque bête. Ils parlaient aussi du Coran ou de l'histoire des grands hommes musulmans, savants, astronomes, médecins ou féroces guerriers.

– Qu'est-ce que la vie attend de toi ? Pose-toi cette question, elle est essentielle pour ce que tu as à devenir.

– Amin, tu veux dire plutôt : qu'est-ce que j'attends de la vie ?

– Non, non... ça c'est ce que les Blancs demandent toujours... Avant que la vie ne te donne quelque chose, c'est à toi de sentir ce que tu peux faire pour elle.

– Mais le but de la vie, c'est de pouvoir en profiter, non ?

Amin souriait. Ce jeune turka avait encore des progrès à faire.

– Tu vois, tu raisonnes comme un Blanc : le but, toujours le but... Mais ce qui est important, n'est-ce pas le chemin que tu vas prendre ? C'est de ça dont la vie parle : de nos chemins à prendre. Le but du ruisseau n'est pas de se jeter dans le fleuve, mais de couler...

Oui, il y avait du bon dans tout cela, se disait-il.

Quant à la religion catholique, elle était pratiquement inexistante au village. Des missionnaires avaient bien essayé de convertir les Turkas. Ils avaient même bâti une chapelle non loin de la piste principale. Mais devant le peu de succès rencontré, ils avaient fini par partir et depuis, la chapelle sert d'abri aux chèvres et moutons.

En écoutant Poupouteli, Bahilama commençait à percevoir bien des enjeux au sein du village : si les Turkas partent en Côte d'Ivoire, c'est pour travailler dans les plantations de café et de cacao des oncles maternels. En retour les oncles versent la compensation matrimoniale, la dot, pour marier les neveux. Aussi lorsque Poupouteli se plaint de cet exil des jeunes, il oublie que les aînés en sont les uniques instigateurs. Si les jeunes sont pour la plupart ravis de cet exil, il n'est en aucune façon pas certain qu'ils aient le choix de rester au village. Les aînés, que l'on nomme respectueusement « les vieux » ont le pouvoir économique et religieux.

Or, l'ex-combattant le savait bien, la guerre avait mis à mal les récoltes et les biens agricoles de la diaspora turka en Côte d'Ivoire. Les nouvelles en provenance du pays frère étaient mauvaises. Les Burkinabès y sont maintenant considérés comme des parias, ce qui est en effet très inquiétant pour l'équilibre du village. Les anciens ont peur et tentent de concentrer leurs pouvoirs sur les traditions.

– Bon, mou non la (J'ai entendu). Mou fenan (Je te remercie). Dis-moi, est-ce bien à moi de porter la responsabilité du culte à Namou ?

La question lui semblait être la clé, à chaque fois...

Poupouteli penchait la tête légèrement en avant, ses yeux aveugles rivés sur la terre des ancêtres. Il resta longuement silencieux. Bahilama pensait avoir trouvé la faille.

– Tu rêves Bahilama...

– Comment ça je rêve ?

– Tu rêves de Namou. C'est ça ?

Depuis qu'il était parti en Côte d'Ivoire les rêves avaient carrément disparu.

– Ah ça ? Je ne rêve plus depuis bien longtemps ! Depuis que je suis parti en brousse, zéro ! Et pas un seul rêve depuis que je suis revenu.

À nouveau, Poupouteli sembla perplexe. Et puis :

– Ça n'est pas la saison ! Namou sortira dans tes rêves lorsqu'il s'apprêtera à pondre, – Poupouteli leva le nez au ciel, humant l'air comme pour y trouver une odeur connue – moi je n'avais pas les rêves mais il y avait toujours une odeur spéciale qui annonçait l'avènement de la ponte. Là, ça ne sent rien... Et puis tu viens de passer de longs mois avec lui... Non ? Ça ne te suffit pas comme preuve ?

Bahilama sursauta. S'était-il lui-même condamné en inventant cette histoire ? Devait-il dire la vérité au vieil homme ?

Il y renonça.

– Admettons ! Mais pourquoi Fambi tenait-il tant à ce que j'épouse sa sœur ?

– Fambi était un farceur ! Et il aimait sa sœur ! Elle s'est tellement bien occupée de lui pendant tout le temps de sa maladie... Il voulait le meilleur pour elle ! Le meilleur... – Il lui saisit la main et la posa sur le sommet de son crâne – Mais je me demande s'il a fait le bon choix avec toi...

Bahilama retira brusquement sa main.

– Je suis un mauvais choix ! Si elle m'épouse, ils n'auront pas un franc CFA ! Ils n'accepteront jamais ça... Et Sifati, son père, il n'est pas fou ! Comment peut-il accepter de donner sa fille ?

Bahilama resta plusieurs jours sur cette pensée. Poupouteli l'avait aidé à comprendre les raisons de son peu d'enthousiasme à rencontrer Tiésala. En somme, il avait un peu honte de ce projet d'épouser une femme sans en payer la dot.

Il s'activait pour organiser et diriger les travaux des jardins maraîchers. C'était un gros travail. Le néli moré se fit un devoir et un plaisir d'aider les jeunes à reconnaître les espèces d'acacia, arbres à croissance rapide qui peuvent être coupés régulièrement, et les arbres à croissance lente, tels que le baobab, le kapokier, le néré ou le kaïcédra, qui justement sont les arbres où logent les génies des Turkas. La nature est bien faite, songea Bahilama.

Il fallut défricher de nouvelles superficies de brousse, déplacer les arbustes, isoler ceux qui étaient indéracinables et faire les récoltes des parcelles trop proches du marigot. À la houe, les jeunes détruisirent les plantations trop proches de l'eau, labourèrent, firent place nette et brûlèrent le tout.

Enfin, ils nettoyèrent le marigot. Les herbes folles y étaient d'une telle densité qu'à plusieurs endroits on pouvait marcher sur l'eau sans se tremper les pieds. Pour effectuer cette tâche les jardiniers exigeaient la présence constante de Bahilama à leurs côtés. La présence du « Namou-man », comme l'appellent dorénavant la plupart des adolescents, les protégeait d'une éventuelle agression du crocodile.

Namou-man acceptait ce rôle. Il constatait que les jeunes travaillaient bien plus vite et plus efficacement lorsqu'il était avec eux. Toujours est-il que personne ne vit ou n'entendit le crocodile pendant la durée des travaux. Sans doute était-il tout simplement effrayé par le bruit.

De temps à autre les dignitaires du village passaient vérifier l'avancée des travaux.

– Tu es devenu le grand messager ! Gou fa la !, dit Kanima.

– Si Kanima le dit c'est que ce doit être vrai !, se moqua Bahilama.

– Ou gnagna ! (Tu ris !) Mais n'oublie pas que je suis ton père !

Bahilama ne riait plus :

– Comment ça ? Je ne comprends pas ! Mon père ?

– Justement ! Je suis ton père, le to ! et c'est moi qui vais bientôt rencontrer Sifati pour ton mariage !

Se pouvait-il que Kanima puisse être l'un de ses pères classificatoires ?

– Non, il ne peut pas être l'un de tes toba (tes pères). C'est bien dommage d'ailleurs. Mais peut-être veut-il parler d'autre chose ? Kanima est très puissant, très respecté... Mon fils, il faut partir saluer celle que tu veux épouser. C'est par là que tout commence, lui dit sa mère.

CHAPITRE VI

Tiésala avait eu l'information par la diati Mafamoukou. Depuis, elle attendait. Elle savait attendre. En même temps elle ne décolérait pas. Bahilama n'était même pas venu la voir depuis qu'il était revenu de la brousse plusieurs semaines auparavant. Elle n'avait rien laissé paraître à la diati messagère. Elle gardait sa colère pour elle. Aussi lorsqu'elle aperçut la silhouette élancée du cycliste, son cœur se mit à battre plus vite.

Elle se planta là, sur ses deux pieds.

Il approcha à bonne distance et commença les salutations d'usage. Elle le dévisageait en s'interrogeant sur les blessures bien visibles du jeune homme. Bien sûr, elle avait eu toutes les informations qu'elle voulait par les autres sur la cause des blessures, mais elle se sentait terriblement frustrée de ne l'avoir pas été personnellement.

Comme cela durait un peu trop à son goût, elle interrompit le processus :

– *Bon ! Depuis ton retour de brousse, qu'est-ce qui t'a empêché de venir me voir ?*

Elle s'exprimait en français.

Il devina immédiatement son mécontentement.

Elle ne lui laissa pas le temps de répondre.

– *Tu aurais pu venir me saluer depuis longtemps déjà, non ? Moi j'attends, j'attends. Mon frère m'avait dit que tu étais un type bien. S'est-il trompé ? Je ne suis pas contente. Si tu veux devenir mon époux il faut qu'on se connaisse un peu non ?*

– *Heu... Justement... Je suis venu là pour te dire... enfin pour... te demander... si...*

– *Si quoi ? Tu crois qu'il te suffit d'envoyer ta diati préférée, une gamine ! pour que je sois séduite ?*

Bahilama ne s'attendait pas à ça. Elle était furieuse et le fait de dire sa colère en français lui donnait un air...

– *Je... Je... Enfin je suis.. vraiment...*

– *C'est ça ! Moi je ne sais pas où ça va nous mener cette histoire ! Mais pour le moment je peux te dire que si tu veux m'épouser, il va falloir que tu me montres qui tu es ! Je ne me contenterai pas du désir de mon frère ! Crois-moi !*

Il la croyait. Oui pour ça... il la croyait !

Elle croisait les bras et affichait le visage le plus terrible.

Il la salua à nouveau d'une politesse plus qu'empruntée et demanda la permission de partir.

– *Va-t'en oui ! Et reviens me voir autrement ! Sinon ça n'est pas la peine de continuer avec moi !*. Elle se retourna vivement.

Embarrassé, Bahilama partit aussitôt.

Il était déconcerté.

Il se sentit coupable...

Le lendemain il parla à Tinibi. Avec son côté joyeux drille, il pouvait peut-être dénouer la situation.

– Allons la voir lui dit Tinibi. Tout de suite ! Tu n'as qu'à me suivre de loin, je vais lui parler.

Il trouva la jeune fille occupée à préparer le repas. Il plaisanta comme à son habitude. Tiésala demanda la raison de sa venue.

– ... Je vais chez mon oncle, un peu plus loin.... J'y vais là. Et.... Bahilama ne va pas tarder... Et... Il va s'arrêter te saluer...

Tinibi attendit la réaction de Tiésala.

Les deux garçons avaient convenu qu'au moindre signe hostile de la demoiselle, il ferait demi-tour pour le prévenir. Mais il n'en fut rien. Elle fit comme si elle n'avait pas entendu... Il se dépêcha de poursuivre son chemin.

Elle voyait encore le vélo de Tinibi s'éloigner qu'un autre engin faisait déjà son apparition. Celui de Bahilama.

L'air faussement décontracté, se tortillant sur sa bicyclette, il s'arrêta gentiment à deux mètres de la jeune fille qui le regardait, le pilon dans une main, l'autre appuyée sur la hanche.

Il s'adressa à elle en français, omettant toutes les salutations d'usage...

Il tenta le tout pour le tout, au risque de voir cette histoire se finir avant même d'avoir commencé...

- *Bonjour Tiésala. Il faut que je te parle.*

- *Pas ici. Viens.*

Penaud, il la suivit et ils s'installèrent sous le koukourougou, l'auvent de la cuisine maternelle.

- *Parlons en français,* lui dit-il, *comme ça...*

- *Que veux-tu ?*

- *Bon. Voilà. Tu as raison... Je ne vais pas t'épouser. Tu ne m'aimes pas et je le comprends. On se connaît même pas. On ne va pas faire comme les vieux du village et s'obliger à vivre ensemble.*

Tiésala avait du mal à déglutir. Voilà que Bahilama, soit disant le garçon le plus intelligent du village, était venu pour lui dire qu'il n'en avait rien à faire d'elle.

- *Tiésala je suis désolé pour la promesse faite à Fambi. Je ne suis pas correct avec toi, je le sais. Tu m'as aidé à en prendre conscience hier.*

Elle baissait la tête. Elle écoutait à peine ce qu'il disait. Elle avait déjà décidé de ce qu'il fallait faire.

- *Viens avec moi, j'ai quelque chose à te montrer avant que tu ne partes.*

Ils allèrent ensemble dans la case de Tiésala. Elle s'assura que personne ne les avait vus et verrouilla la porte derrière elle.

C'était la première fois qu'il entrait dans une case d'une fille. D'habitude, c'étaient elles qui venaient dans la sienne. Les rayons de lumière y laissaient entrevoir les couleurs des pagnes de danse. Sur la natte étendue sur le sol, un ensemble de perles attendait d'être assemblé.

Il n'eut pas le temps de dire quoi ce soit. Elle était derrière lui toute nue.

- *Mais...*

- *Chut ! Maintenant on va voir vraiment qui tu es...*

Ce qui arriva ensuite le bouleversa : comment le temps peut-il ainsi être suspendu ? Comment une situation aussi figée peut-elle en quelques minutes devenir une source de joie, de bien - être ? Ils ressentirent l'un pour l'autre une langueur très douce. Bahilama ne pouvait plus douter, il vivait cette découverte sexuelle et amoureuse comme une chose incroyable qui lui donnait envie de pleurer. Ce bouleversement soudain inaugura une période délicieuse : leur désir rythmait les nuits et les jours. Avec une facilité déconcertante, ils adaptaient leurs emplois du temps de telle façon qu'ils puissent passer plusieurs heures par jour à faire l'amour et à rire. Dans les brefs moments qui ponctuaient leurs ébats passionnés, les amoureux se parlaient à voix basse et en français, afin que personne ne puisse comprendre.

– *Tu crois que les Turkas ne savent pas s'aimer passionnément ?*

– *Les diatinaba s'aiment très fort, oui... Mais les mariages arrangés ne facilitent pas la passion...*

Parfois une phrase s'échappait en turka : « Mou dolamoun tièr » (Je t'aime tellement) ou bien encore : « Gou doldol...N'tiouli doldol. » (C'est bon... Ton sexe est bon) Tiésala se moquait alors de son amoureux :

– Tu parles de moi comme quand tu dégustes un bon tô !

L'idylle contribua à apaiser les esprits. Quelques-uns comprirent très vite ce qui se passait. Kanima était de ceux-là. Il profita de la situation pour imposer l'organisation d'une grande cérémonie dans le but de solenniser le statut du messager du crocodile.

– Il faut, disait-il, marquer l'esprit du village, rendre incontournable ton rôle de Namou-man en organisant une grande cérémonie aux génies, sur les lieux du marigot, non loin des jardins maraîchers. Beaucoup de monde viendra et on pourra admirer mes pouvoirs de contre-sorcier.

– Et comment vas-tu faire ?, demanda Bahilama assis à côté du vieux.

– Je vais sortir le grand fétiche. Le Manoula !

Kanima grimaçait de cet air malicieux qui lui était si caractéristique. Il avait rapporté le Manoula quinze ans auparavant, lorsqu'il était parti travailler dans les plantations d'arachides du Sénégal. En ce temps-là certains hommes turkas s'exilaient là-bas pour *« chercher l'argent »* et pour voir du pays.

C'est une sorte de coque ovale et gluante composée de sang séché, de terre et de petits morceaux d'animaux sauvages, des dents de fauves, des poils ou des sabots de gazelles ou de phacochère, des griffes d'agouti. Sa lointaine origine et son aspect répugnant impressionnent les villageois. Kanima honore régulièrement Manoula qui, en temps normal, loge dans une toute petite case qui lui est spécialement destinée. C'est de lui affirme-t-il, qu'il tient ses pouvoirs de contre-sorcier.

– Ça fait longtemps maintenant que je n'ai pas sorti Manoula devant tout le monde. Ça lui fera du bien !

– Mais pourquoi Manoula ?, demanda Bahilama qui craignait comme tout le monde la force du fétiche.

– Manoula attire le monde. Je le sors pour *faire du camélia.*

Bahilama était intrigué : *faire du camélia* veut dire frimer, jeter de la poudre aux yeux, bluffer...

– Oui, continua-t-il, le Manoula me permet de montrer mes pouvoirs à tous et grâce à ça les villageois sont obligés de me croire, de croire en mes pouvoirs... Alors, je peux continuer ma lutte contre les sorciers, mon travail dans les tunnels de feu de la terre, contre « les gens de la nuit ». C'est un travail qui ne se voit pas, lui !

Le vieux guérisseur s'interrompit pour saisir son fusil et tirer sans conviction sur un épervier qui menaçait les poussins en goguette dans la cour de la concession. Personne ne fut impressionné par le bruit de la déflagration, sauf l'épervier qui changea d'aire de chasse.

– Alors ? demanda Kanima, tu es avec moi ?

Bahilama était prêt à tout maintenant, pourvu que Tiésala soit son épouse.

Il lui serra la main.

– Bon ! Après le Manoula, j'irai chez le père de Tiésala – dit encore Kanima – il ne pourra plus rien me refuser...

Et le vieil homme de rire bruyamment, ce qui pour le coup fit sursauter tout le monde dans la concession.

Bahilama s'empressa de partager son inquiétude avec sa belle.

– *On peut lui faire confiance dit Tiésala. Il sait ce qu'il fait. Ça va être une très belle fête. Je sais lequel de mes pagnes je vais mettre. Tu vas voir Namou-man, je serai « top » !*

La fête du Manoula était prévue au lendemain du prochain titéli, le jour du marché. Bahilama ne savait rien de ce qui allait se passer. Le tanti, le guérisseur, lui avait uniquement indiqué qu'il devrait faire ce qu'il demanderait sans discussion possible. Le jeune turka n'en menait pas large.

À l'aube du jour de la fête il rejoignit Kanima dans sa concession du quartier de Tapana. Là, bon nombre de garçons et d'hommes s'apprêtaient à transporter des victuailles et des volailles à sacrifier lors de la cérémonie. Les filles de la concession se chargeaient des canaris remplis de vin de palme et de dolo ainsi que du matériel de cuisine. Tinibi en tant que fils aîné, portera le Manoula dans un simple sac en toile de jute. Pour le moment le fétiche était posé près de la porte de « sa » case. Le frère de Kanima s'occupera du fusil, des cartouches et du couteau de sacrifice du guérisseur.

Les quatre musiciens choisis pour accompagner la cérémonie, deux balafonistes et deux tambours, avaient déjà célébré par le passé le fétiche Manoula.

Parmi eux, il y a Luc, l'un des rares enfants du village à porter un prénom chrétien. Luc est aussi un gonmoulon, un albinos. À Toumousséni, les albinos ont la réputation d'être des gens doués, des artistes à l'image du chanteur malien Salif Keïta. Luc est considéré comme l'un des meilleurs balafonistes du village et Kanima voulait qu'il soit l'un des quatre musiciens présents pour jouer les chants du Manoula. Pour jouer en plein jour, Luc porte un très grand chapeau et... des lunettes de soudure pour se protéger. Il arrive alors à bien supporter l'éclat meurtrier du soleil sur ses yeux et sa peau. Ses compères et lui connaissent les chants et les morceaux de musique que le tanti aime entendre jouer pour cette cérémonie mystique.

Kanima marchait pieds nus, l'air grave. Il invita Bahilama à venir s'asseoir immédiatement près du foyer et lui présenta une calebasse emplie d'eau trouble.

– Nion ! (bois !)

Le Turka but, malgré la présence de petits vers flottant à la surface.

– Gou fa la ! Voici les plumes de la pintade, elles te protégeront de tes ennemis pendant toute la cérémonie, dit-il en appliquant grossièrement les plumes du volatile sur les paupières et les cheveux de Namou-man.

Les musiciens commencèrent immédiatement à jouer l'air du Manoula :

« Manoula s'amuse,

Manoula a vu les sorciers,

Manoula s'amuse.

Flattez-le ! Honorez-le ! Manoula s'amuse... »

Se saisissant du fétiche, Kanima le brandit dans ses mains levées et se mit à danser en arrière, faisant en somme l'inverse de ce que les autres font. Le guérisseur-contre-sorcier entrait peu à peu dans la transe du fétiche, lequel pouvait lui faire exécuter toutes sortes de choses apparemment incohérentes. La danse en arrière particulièrement difficile contribuait à montrer la force du Manoula.

Il donna le départ vers le marigot, le Mou. En marchant, les musiciens continuaient à jouer pour accompagner cette procession jusqu'au lieu de Namou, le crocodile, le lien avec Nangou, la matrice de la vie.

Sur place il y avait déjà beaucoup de monde. Le néli moré était là, légèrement à l'écart.

Manoula est la possession exclusive du guérisseur. En somme c'est un culte privé qui ne fait pas partie des cultes traditionnels villageois. En décidant de mettre Namou-man sous la protection du Manoula, Kanima renforçait le culte villageois à Namou. Pour cette raison, le néli moré avait autorisé le déroulement de cette cérémonie au bord du marigot, sur la terre des ancêtres et des génies fondateurs.

Toutes et tous se tenaient à bonne distance du cours d'eau, ce qui amusait le tanti. On donna des instructions pour que chacun trouve sa place autour de lui.

Bahilama cherchait Tiésala du regard. Elle était là, entourée de ses amies et de trois de ses diatinaba. Cela le rassura. Il prit place sur un diadiou, un tabouret à trois pieds et s'installa à l'endroit que lui indiqua Kanima, à deux mètres seulement du bord du marigot. Là commencèrent les sacrifices de poules et de coqs dont le sang fut abondamment versé sur le fétiche Manoula.

Kanima prit la parole :

– Je vais mourir un jour. Mais personne ne me tuera ! Les sorciers n'ont qu'à s'amuser loin d'ici en attendant ma mort ! Qu'ils ne s'approchent pas d'ici !

Il scruta l'assistance à la recherche d'un sorcier hypothétique puis, affichant une grande colère :

– Aujourd'hui, qu'il soit guérisseur, sorcier ou magicien-djinamori[6], si un homme lève le doigt sur moi... je le lui coupe !

Il brandit le fétiche pour que toute l'assistance puisse bien voir :

– Voilà ce qui fait de moi un homme fort ! Manoula m'aime, comme une fille aime son amant ! C'est la fille qui donne la force à l'amant ! Si quelqu'un veut me faire du mal, eh bien je lui casse son sexe !

L'assemblée éclata de rire. La fougue des joueurs de tambours et de balafons redoubla.

– Aujourd'hui personne ne peut me frapper ! Mais demain... un petit enfant pourra me faire tomber...

Kanima dansa encore en arrière :

– Quand tu séduis une fille, tu ne penses à rien d'autre qu'à elle ! Et tu fais l'amour avec elle, alors tu es tellement heureux que, même si l'un ou l'autre jaloux veut te tuer, eh bien ! Tu es

---

6 Le Djinamori est un prestidigitateur africain redouté qui tout en lui soutirant son argent, fait croire à sa victime qu'il va faire de lui une personne riche...

tellement fou d'amour que tu te fiches de mourir ! Tu dis : *« je m'en fous ! »* Moi c'est la même chose avec Manoula !

Bahilama observait Tiésala qui riait avec ses amies. Il était convaincu qu'elles riaient de lui. Il faut dire qu'avec ses plumes de pintade sur les paupières et les cheveux, il devait avoir l'air ridicule. Les diatinaba de Tiésala, quant à eux, gardaient leur sérieux. Ils étaient maintenant accompagnés de la sœur et du frère de Bahilama.

Tout allait bien. De temps à autre Kanima venait vers lui et versait un peu de sang des sacrifices sur son cou. Les femmes s'activaient au feu et préparaient les volailles. Les calebasses de dolo circulaient de bouche en bouche.

– Lorsque les gens seront là ce soir, je vais « *faire ma jeunesse* » ! Je vais m'amuser en montrant ma force. Pour le moment il n'y a pas assez de monde ! Même si je montre mes pouvoirs d'autres diront qu'ils n'ont rien vu !

Kanima préparait activement son *« coup de camélia »*.

Régulièrement le guérisseur faisait des pauses pendant lesquelles il buvait du vin de palme et en humectait les lèvres de Bahilama.

– Tu ne dois pas boire pour le moment, lui dit-il.

Bahilama lui faisait confiance. Il était assoiffé mais il obéissait.

La nuit tomba enfin. Les feux furent généreusement alimentés pour éclairer la scène, se protéger des moustiques et... du crocodile.

Il y avait maintenant bien plus de monde sur le site.

Bahilama fatiguait et cherchait une position plus confortable sur son tabouret.

Les musiciens qui jouaient sans relâche, se turent soudainement. Un grand silence se fit. Kanima, torse nu, demanda aux gens de former un cercle autour de lui. Tinibi vint prendre place à côté de Bahilama pendant que le frère du guérisseur porta au vieux le couteau du sacrifice et la lame d'une petite houe. Alors, s'asseyant face aux musiciens, après avoir demandé le silence complet, Kanima plaça le couteau du sacrifice sur sa poitrine et par trois fois en frappa le manche avec la petite houe. Chacun put constater que la lame ne pénétrait ni dans la peau, ni dans la chair du vieux guérisseur.

Il demanda alors à son frère de charger le fusil. Cela fait, il se leva et lui ordonna de tirer sur sa poitrine.

À bout portant.

La détonation fit crier les enfants et les femmes. Certaines femmes s'approchèrent pour toucher le point d'impact et constater une nouvelle fois que Kanima n'avait pas été blessé par la balle. À présent, et comme il l'avait annoncé quelques heures plus tôt, Manoula faisait de Kanima un être invincible. À nouveau il s'empara du fétiche et le brandit vers la foule.

– Actuellement là où je suis, je ne pense à rien ! Rien ne peut m'arriver ! Le fait de se montrer beaucoup n'est pas bon... Il ne faut pas que quelqu'un dise que je me vante ! Si je suis fort c'est qu'il y a quelque chose qui me protège...

Les musiciens reprirent le chant du fétiche pendant que Kanima préparait une mixture qu'il mélangea à du dolo.

Il ordonna à nouveau le silence.

– Je ne veux pas montrer la force du fétiche à mes fils. Ils sont trop jeunes encore. Avec ça ils pourraient faire du mal à tous ceux qui voudraient leur prendre leurs chéries... Si on n'est pas un sorcier, on ne mange pas la chair humaine. Ce n'est donc pas la peine de tuer au hasard. Mais celui qui est assis depuis longtemps près du marigot, – il désignait Bahilama – a besoin maintenant de la force du fétiche. Ce qu'il a à faire pour les Turkas, ça c'est l'affaire du néli moré. C'est dangereux. Moi, je peux demander à Manoula de le protéger et de le rendre très fort. Pour que chacun sache qu'il ne sert à rien d'attaquer le Namouman. Voir et connaître, ça n'est pas la même chose ! Namou-man a déjà vu le crocodile et tout à l'heure, il va connaître ! Et Manoula le protégera !

Disant cela il détacha un petit morceau de l'objet enchanté, le râpa dans la calebasse contenant la mixture qu'il avait préparée, puis, alors que le frère du guérisseur déposait le fétiche entre Bahilama et Tinibi, il lui tendit la calebasse :

– Bois ça et connais !

Bahilama en examina le contenu. Ça sentait le dolo mais pas seulement. Il se doutait bien que le tanti lui avait préparé une de ses spécialités. Il avait tellement soif. Il déposa quelques gouttes du contenu sur la terre, rituel de salutations aux ancêtres et génies. Kanima se tenait accroupi devant lui. Il lui souriait :

– Bois lentement mon fils... Tiésala ! Viens ici près de Namou-man !

Elle sortit du groupe et s'approcha.

– Voilà ! Tu te mets derrière lui. Comme ça... pour qu'il puisse se reposer le dos contre tes seins...

Kanima riait tout seul.

Bahilama but lentement. C'était amer comme un dolo imprégné de noix de cola, celui que buvaient les vieux pour se stimuler et tenir le coup. C'était aussi désaltérant.

– *Ça va ?* demanda la jeune fille.

– *Je suis fatigué de rester le cul assis comme ça. Et puis les plumes de pintade me chatouillent... Mais sinon, ça va bien...*

Elle lui passa une main affectueuse sur les épaules, provocant les murmures amusés des spectateurs...

La nuit noire du pays turka se constellait de toutes ses étoiles.

L'orchestre reprit le chant lancinant du fétiche.

Bahilama s'attendait à subir des visions qui le conforteraient dans son rôle de Namou-man. Probablement qu'il allait voir son père et pourquoi pas Bancol en personne...

Kanima criait à la foule qu'il allait montrer encore un peu la force de Manoula. Le vieux s'était maintenant approché d'une marmite d'huile bouillante dans laquelle cuisaient des beignets de mil. Il y plongea la main droite et en retira les beignets. À tous il montra sa main, exempte de brûlures.

Pour échapper un peu à l'anxiété de son étrange situation, Bahilama se concentrait sur la musique des balafons et il distinguait nettement le sens de chaque note jouée. Ça n'était pas à proprement parler extraordinaire puisque les notes de musique des balafons constituent un langage structuré et usuel que les

Turkas peuvent comprendre. Ainsi, l'on peut tout dire rien qu'en jouant les notes des balafons, des choses les plus simples comme : « Apporte-moi une calebasse de vin de palme » jusqu'à des choses plus abstraites : « Qui fait le bien récolte le mal... »

Là, les balafons semblaient mélanger deux chants différents. Bahilama entendait : « Namou-man-Namou-man-Manoula-Manoula ».

Des souvenirs d'école s'accrochaient obstinément à sa mémoire : il voyait son instituteur expliquant ce qu'est une mangrove, un lieu où les êtres vivants respirent dans la boue. Il lui semblait qu'il pouvait sentir et respirer comme eux, dans la vase.

Ce devait être l'effet de ce qu'il avait bu.

Kanima continuait à danser. Il avait ordonné aux musiciens de ne cesser de jouer sous aucun prétexte :

– Jouez encore, encore, encore !

Bahilama se trouvait un peu engourdi. Il devait y avoir une sorte de drogue paralysante dans la potion. Il avait quelque difficulté à discerner s'il voyait, s'il entendait ou bien s'il sentait.

Près des musiciens cinq femmes dansaient en arrière. Toutes faisaient partie de la société secrète du Manoula à laquelle elles avaient adhéré en achetant une portion du fétiche au guérisseur. Elles étaient entrées en transe devant les balafonistes et elles dansaient, se roulaient à terre, poussant des cris rauques, bavant abondamment. Pendant leur transe, Kanima se tenait près d'elles, les relevant régulièrement et les accompagnant dans leurs danses.

Alors, Bahilama eut la sensation soudaine qu'il était en danger :

« Namou-man-Manoula-ne-peut-pas-Namou-man-ne-peut pas. »

Une bête immonde apparut en lui. Une vision absolument insupportable. C'était comme une pourriture nauséabonde qui obscurcissait son destin. Une sorte de crocodile, non ! C'était plutôt comme un serpent ou un dragon avec deux horribles têtes. Il lutta contre cette sensation désagréable mais la perception s'imposait à lui, elle l'appelait, elle l'attirait. Il pouvait en savoir davantage. Oui, il le pouvait alors il se concentra de toutes ses forces afin de percer le mystère de ce qui lui arrivait.

Mais, d'un seul coup, deux lattes de l'un des balafons se cassèrent.

La musique s'arrêta net créant la confusion chez les cinq femmes encore en transe. Kanima intervint.

– Le balafon est coupé. Laissez ! Ils vont le réparer.

L'une des femmes se roula jusqu'au balafon et le frappa de la main, réclamant la musique. Elle souffrait de ce silence musical. Il fallait que la musique reprenne.

– Calmez-vous ! Pardonnez !, criait Kanima en tirant la femme loin de l'instrument de musique.

– Pardonnez ! Pardonnez ! Qu'est-ce qu'il y a ? Laissez ! Ils vont le réparer ! Gou fa la ! Vous allez danser tout de suite ! Pardonnez !

Puis, s'adressant aux musiciens :

– Dès que vous aurez réparé, il faudra jouer autre chose...

L'arrêt de la musique avait fait disparaître instantanément la vision effrayante.

Sauf que, maintenant, Bahilama avait froid. Son ventre durcissait à grande vitesse et devenait comme de la pierre. Petit à petit son cœur et sa poitrine se paralysaient dangereusement. Le peu de conscience qu'il gardait encore le faisait s'interroger sur cette action insensée qui consiste à s'efforcer de faire fonctionner son cœur pour qu'il continue à battre. Sa respiration était irrégulière, saccadée.

Tiésala comprit que quelque chose d'anormal était en train de se passer. Elle le serra dans ses bras et, aussi fort qu'elle put, elle appela Kanima qui, tout en auscultant rapidement Namou-man sortit une petite fiole de sa poche. Aidé par Tinibi il lui ouvrit la bouche de force pour le faire boire.

L'antidote eut un effet quasi immédiat sur son cœur qui se remit à fonctionner normalement et sur sa respiration qui redevint plus régulière, au grand soulagement de Tiésala. Il se sentit bien mieux et put se détendre dans les bras de la jeune femme.

L’une des épouses de Kanima lui apporta une grande natte sur laquelle il s’allongea et s’endormit aussitôt.

La fête était finie. Kanima était dans tous ses états. Personne n'osait l'approcher. Il se retira rapidement en maugréant contre les gens de la nuit qui s'étaient aventurés ici pour défier le Manoula.

Tiésala et ses diatinaba restèrent jusqu’au petit matin dans le campement sommaire. L’ambiance était très calme. L’une des diatinaba de Bahilama prépara un plat chaud d’ignames et de sauce d'arachide.

Lorsque la clarté du jour éclaira le lieu de la fête il se réveilla, se sentant plutôt bien il mangea avec avidité le plat préparé pour lui, but une grande calebasse d’eau fraîche, alla se laver à l’eau du marigot et revint en plaisantant sur les visions qu’il avait eues pendant la nuit.

Tinibi arriva et d’un ton léger s’enquit de l’état de santé du Namou-man.

– Gou fa la ! (Ça va bien !)

– Mon père veut te parler, dès que tu te sentiras capable de marcher.

Comme souvent Kanima était installé à l’ombre d’une des petites cases de la sogou. Il servait volontiers de « nounou » à de tout petits enfants qui jouaient autour de lui et dont il était le grand-père. Quand il vit Bahilama, il lui fit un grand signe de la main et l’invita à s’asseoir près de lui.

Il dut répondre aux nombreuses questions du guérisseur qui voulait tout savoir des visions et des sensations de la nuit. À chaque réponse de Bahilama, il approuvait joyeusement ou bien il marquait un étonnement amusé. Lorsque le jeune homme en vint à donner des détails sur la sensation effrayante d’un danger à venir, Kanima l’interrogea longuement, voulant en connaître les moindres détails, affichant son plus grand scepticisme :

– Il s'est passé quelque chose de terrible cette nuit. Il y avait des sorciers dans l'assemblée, ils ont brisé le rythme, cassé le balafon ! Des sorciers puissants, contre lesquels je ne suis pas sûr de pouvoir lutter. Mon fils je ne connais pas ce que tu as ressenti. Ça n’est pas normal. Je dois réfléchir à ça.

Au fond de lui Namou-man était convaincu que toutes ces visions étaient l'effet de la substance qu'il avait ingurgitée, ni plus, ni moins.

– En tout cas, dit Kanima, te voilà maintenant incontestable. Je peux aller voir le père de Tiésala et lui annoncer notre demande en mariage.

– Mais Kanima je ne comprends pas. Pourquoi est-ce toi qui prends la place de l'un de mes pères ?

– Tu es maintenant sous la protection du Manoula. Aux yeux de tous les anciens je suis devenu plus important pour toi que ton propre père.

Cette idée gênait Bahilama. Il avait l'impression de trahir son père mort.

Kanima insista :

– Si, si ! À quoi sert le père si ce n'est à transmettre à ses fils le pouvoir des fétiches ? Et puis si on cherche bien, on va trouver le lien de parenté qui manque entre ton père et moi...

Kanima réfléchissait et comptait sur ses doigts.

– Bon ! La mère de ton père est du clan des Son. Et moi je suis aussi du clan des Son. La mère de ma mère était une Hié...

Kanima se perdait dans les méandres de la parenté. Le guérisseur estimait qu'il fallait en passer par là et Bahilama n'eut pas le courage de contester.

Les Turkas se distinguent en cinq clans : celui des Soura, des Siri, des Hié, des Son et des Cara. Les entrecroisements au sein du même clan sont fréquents et inévitables, mais certains interdits d'alliances protègent efficacement d'une trop importante consanguinité.

Ce que craignait le père de Fambi et de Tiésala se réalisait : les sacrificateurs des quartiers, les poumou moré, refusaient de donner ou de collecter quoi que ce soit pour que la compensation matrimoniale soit versée. Kanima était embêté avec ça.

Bahilama, que ce refus collectif n'étonnait pas mais inquiétait, voulait absolument que le père de Tiésala soit dédommagé. D'abord intransigeant, Kanima se fit moqueur :

– Eh bien vas-y ! Paye de ta poche ! Ou bien demande à tes oncles maternels !

Il n'avait que l'argent gagné lors de son passage chez les Guépards et c'était loin d'être suffisant. Quant à ses oncles maternels pourtant censés assumer le coût du mariage, il n'en était pas question. Kanima le savait bien.

– Au moins, débrouillons-nous pour que le mariage soit une vraie fête !

– Ah bon ? Te voilà maintenant partisan de faire un grand mariage ?

Bahilama réfléchissait à cela depuis plusieurs jours. Un mariage abrégé, incomplet, déformé, ne pouvait être que préjudiciable pour le couple et les enfants à naître. Les uns et les autres pourraient bien être considérés comme des woulés, des captifs dépendant du clan des oncles de Tiésala.

Il y avait autre chose : Yaya-Bahilama prenait de plus en plus le temps de comprendre ce qui lui arrivait. En revêtant l'habit de Namou-man, il incarnait d'une certaine manière la stagnation. Il fallait qu'il en éprouve également toute la force.

Il exigeait d'avoir un mariage complet.

– Bon ! Je vais payer le vin de palme et la bière de mil. Et je verserai une partie des céréales dit encore Kanima. Je ferai ça pour toi. Pour que tu vives bien ici au village. Mais pour le reste si les sacrificateurs refusent de te financer, nous serons bien obligés de faire admettre à Sifati qu'il n'a pas le choix !

Le bruit du mariage se répandit comme une traînée de poudre. Pour les diatinaba des deux jeunes turkas c'était la mobilisation générale. Tiésala n'avait pas moins de vingt diatinaba à sa disposition. Chez Bahilama les diatinaba étaient toujours au nombre de sept. C'était peu... Et cela lui attirait les railleries de sa future épouse....

Le Nan kounou (J'ai la main dessus) que Tiésala avait eu à repousser maintes fois, est la demande en mariage. En soi, cet acte n'engage à rien et, en principe, si la fille donne un avis négatif tout s'arrête. Tiésala donna immédiatement son accord. Pour respecter la tradition sa mère donna à son tour son aval.

Mais Sifati qui acceptait le mariage du bout des lèvres exigea des gages pour la dot. Il savait comme tout le monde que les villageois et les sacrificateurs des quartiers, les poumou moré, refusaient de payer. Kanima lui assura qu'il aurait ce qui était prévu par la tradition, qu'il s'en chargeait personnellement.

Mais Sifati doutait avec raison, pestant ouvertement contre le Namou-man :

– Comment ? Voilà un jeune qui n'est même pas parti travailler en Côte d'Ivoire ! Il est mal habillé, il n'a pas de motocyclette et même pas de vélo à lui... Où est son walkman ? Sa montre ? Sa chaîne au cou ? A-t-il fait des cadeaux à la mère de ma fille ? Et pour moi ? A-t-il payé mes dettes ?

Kanima n'était pas dupe. Sifati faisait de l'esbroufe, c'était sa petite revanche... Il le laissa parler et tempêter longuement sans rien dire, subissant patiemment la répétition longue et monotone de ses récriminations.

Le silence s'installa.

Kanima regarda Sifati dans les yeux ce qui obligea Sifati à réaliser enfin ce qu'il semblait avoir oublié : il avait en face de lui le guérisseur-contre-sorcier-porteur-de-cadavre, le tantipandiraba le plus puissant du village. Kanima pouvait prendre ses propos comme une provocation. Une provocation... en sorcellerie. Kanima détestait que l'on ose lui parler comme à un simple villageois. Si l'on contestait son autorité cela le rendait nerveux et il s'empressait de reprendre l'initiative en laissant le doute s'installer chez son interlocuteur.

– Bon, finit-il par dire en guise d'apaisement, maintenant parlons plutôt de ce que tu vas recevoir...

Les jours suivants, les jeunes s'occupèrent à tirer le vin de palme des rôniers. Il en fallait suffisamment pour que puisse avoir lieu la première grande cérémonie du mariage.

Depuis trois jours, Kanima était retiré dans la case de ses fétiches et il avait interdit à quiconque de le déranger sous quelque prétexte que ce soit.

– Si les uns ou les autres meurent, qu'ils se débrouillent !, avait-il annoncé.

Tinibi avait informé Bahilama :

– Mon père dit qu'il doit s'occuper de toi...

Les deux jeunes hommes riaient de cela. Décidément Kanima avait l'art de la mise en scène !

Lorsqu'il sortit de sa retraite il avait le visage fatigué et triste. Il demanda à parler à Bahilama :

– Mou bié, mon fils. Demain, nous porterons le vin de palme à ce coquin de Sifati.

Bahilama ressentait le trouble du guérisseur.

– Kanima, quel est le problème ? Dois-je renoncer ?

Le vieux secoua mollement la tête.

– Allons plutôt préparer la cérémonie du vin de palme pour Sifati..., se contenta-t-il de répéter.

Les diatinaba de Bahilama portèrent les vingt litres de vin de palme jusqu'à la concession du père de Tiésala.

Tinibi arrivait à vélo, rejoignant ainsi le petit cortège qui avançait d'un bon pas. Bahilama se laissa distancer pour lui parler.

– Mon père ? Oui il a passé trois jours et trois nuits seul dans la case du Manoula. Oh tu sais, nous on est habitués. On dirait qu'il se bat tout seul. Il crie, il pleure, il chante, il ne mange rien. On le laisse faire. De toutes les façons on ne peut rien dire avec lui. On pense qu'il ingurgite certaines substances bizarres comme celle qu'il t'a fait boire l'autre soir...

– Mais j'ai l'impression qu'il est inquiet pour moi. Je me trompe ?

– ...Il a crié ton nom de nombreuses fois. C'est vrai. Mais pendant ses crises il parle un langage qu'on ne comprend pas.

Tinibi voyait le désarroi sur le visage de son ami.

– Bah, ne t'en fais pas. Tu connais le vieux. Il est tellement obsédé par les sorciers qu'il se fait des frayeurs... Je crois qu'il a peur pour toi ! Ta famille n'est pas de celles qui comptent au village ! Entre ton père qui est mort et enterré loin d'ici et ta mère qui a refusé de respecter les règles coutumières, vous êtes plutôt à côté ! Non ? Alors maintenant que tu deviens un type important ici et surtout que tu te maries sans débourser un « chou CFA »... Il a de quoi s'inquiéter le vieux tanti ! Ahahahahah ! Tu dois au moins attirer toute une compagnie de sorcières et de sorciers ! Avec un *« capitaine d'aviation »*, un chef des sorciers qui cause des soucis à mon pauvre père ! Ahahahahahah !

La cérémonie du kompla fut courte. Respectant la tradition, Kanima demanda à Sifati l'autorisation de commencer les rituels de mariage. Il n'y eut aucun commentaire. Les rituels du mariage allaient se succéder inexorablement.

Cinq jours plus tard, Bahilama vint offrir à Tiésala « le prix de l'initiation ». Ce rituel rappelle l'excision qui était autrefois pratiquée un an avant le mariage. De nos jours, les filles subissent cette infamie dans la tendre enfance. C'est « le pagne du sang », le tomou koula.

Bien sûr les diatinaba de Bahilama étaient avec lui puisqu'il lui fallait offrir vingt litres de vin de palme pour les parents de l'épouse.

Normalement le fiancé doit offrir le pagne devant celles et ceux qui sont présents à ce moment-là. Mais Bahilama tenait à offrir le pagne dans l'intimité, peut-être pour bousculer l'ordre établi, mais surtout parce qu'il avait quelque chose à demander à Tiésala. Ils s'enfermèrent quelques instants dans la petite case.

Elle examina le pagne sous toutes ses coutures :

– Tu as bien choisi... Ton pagne est magnifique.

– *Tiésala, je sais que tu n'es pas excisée.*

Elle fut surprise.

– *Comment ça ? Bien sûr que si...*

Bahilama fronça les sourcils. Il avait remarqué combien Tiésala prenait un plaisir évidemment différent des autres filles lors de leurs rapports sexuels.

Elle ne pouvait se dérober :

– *... Mais c'est un secret : la vieille qui nous a excisées a juste fait une petite marque au-dessus de nos pubis... Pour que ça saigne...*

Bahilama hocha la tête.

– *C'est une brave femme. Qui est-elle ?*

– *Ça, ça ne te regarde pas et puis c'est mieux que tu ne connaisses pas son nom. Tu pourrais lui attirer des ennuis. Tu te souviens peut-être de la petite fille qui s'est enfuie du village pour ne pas être excisée ? Il y a de cela quelques années. »*

L'une des fillettes du village avait disparu du village la veille des cérémonies d'excision. Elle avait marché très longtemps, plusieurs jours dans la brousse. Personne n'a jamais compris si elle était seule ou accompagnée d'un adulte. On sait qu'elle avait trouvé refuge loin au nord, dans un couvent à Orodara en pays toussian, cachée pendant des mois par les religieuses jusqu'à ce que deux d'entre elles viennent au village pour rencontrer ses parents. La fille voulait se faire nonne, alors ils ont accepté de lui laisser faire sa vie.

À ce moment-là, dans le village cet événement changea bien des choses. Choquées par cette histoire, les vieilles décidèrent de ne plus réellement exciser les petites filles. Tiésala eut la chance de faire partie de celles-ci. Malheureusement le temps a passé et sous la pression de femmes influentes appuyées par les hommes, la tradition s'était réinstallée, plus radicale encore.

Tiésala se mit à rire nerveusement :

– Bon, eh bien ça va ! Allez, on va montrer ton « pagne du sang » à tout le monde. Et puis après ça, on va pouvoir commencer le gle sogou.

Le gle sogou c'est en quelque sorte « l'épouse à la maison ». Autrefois c'était le temps jugé nécessaire pour que le couple prenne le temps de se découvrir sexuellement. Il s'agissait aussi pour les futurs mariés d'apprendre à connaître leurs nouveaux alliés, leur « belle famille ». Financièrement c'était plutôt lucratif pour la famille de l'épouse, le futur marié versant pendant tout ce temps de nombreuses sommes d'argent au père de sa future épouse.

Entre Kanima et Sifati les négociations étaient rudes : Kanima imposait une absence totale de versements d'argent pendant cette période. En contrepartie Bahilama devait travailler dans les champs de son futur beau-père trois jours sur cinq ! Autant dire que Bahilama allait travailler tout le temps pour Sifati. Le père de

Tiésala avait donc intérêt à ce que le gle sogou dure le plus longtemps possible... Entre cette lourde corvée ajoutée à celle que Mafamoukou, la petite diati, avait négociée en échange de sa participation à l'organisation du mariage, le travail dans les jardins se faisait sans lui. Heureusement son frère pouvait compter sur la solidarité du groupement.

Chaque soir Bahilama allait chercher Tiésala et l'accompagnait chez lui pour la soirée et la nuit. Elle se familiarisait avec Orombi, Baumani et la mère de Bahilama. Une belle complicité se créait entre les trois femmes. Orombi n'était pas en reste, touché par la délicatesse et le caractère enjoué de Tiésala, il l'accueillait chaque soir avec joie et la voyait repartir chaque matin avec tristesse, ce qui amusait beaucoup son aîné.

Lorsqu'il venait chercher Tiésala dans la concession de son père, Bahilama attendait dans la cour en restant le plus discret possible à faire le pied de grue. Elle prenait un malin plaisir à se préparer pour être la plus belle et éprouver la patience du jeune homme, vertu essentielle à ses yeux...

– Et encore tu as de la chance ! Je pourrais te demander de venir travailler dans ma rizière ! Mais j'ai pitié de toi va !

Tiésala était décidément une fille moderne.

Le gle sogou pouvait durer des lustres. Bahilama ne voyait pas d'issue et lorsqu'il évoquait le problème à sa fiancée, elle se contentait de rire. Elle aimait cette période douce du gle sogou. Bahilama était un fiancé très amoureux et les randonnées dans la brousse en suivant les méandres des sentiers du village, au lever et au coucher du soleil, constituaient de doux moments uniques et éphémères. Elle savait les apprécier.

Plus de deux mois s'écoulèrent ainsi et pour une fois c'est le vieil oncle maternel de Bahilama qui vint à son secours. Il demanda expressément à Safati de clore le gle sogou, au prétexte que son neveu n'avait plus le temps de travailler pour les oncles maternels.

Non sans protester, mais par peur de s'attirer les foudres de Kanima, il accepta à la grande joie du jeune homme qui n'en pouvait plus.

Dès qu'il apprit la fin du gle sogou Kanima se présenta à la concession de Bahilama. Il était accompagné de sept hommes, les poumou moré, sacrificateurs de chacun des sept quartiers du village. Le soleil se levait à peine et la mère de Bahilama s'empressa de réveiller le couple qui eut vite fait de sortir pour accueillir ces dignitaires.

Les hommes s'installèrent sous un petit manguier, s'assirent sur deux troncs de rôniers abattus là depuis belle lurette. Ils étaient impressionnants avec sur les joues, partant de la commissure des lèvres pour s'étendre de part et d'autre de chaque oreille, leurs scarifications en moustaches de chat caractéristiques de leur identité turka.

Tiésala et Baumani apportèrent de l'eau ainsi qu'un petit bidon de vin de palme. Chacun des hommes était habillé en grande tenue de chasseur, une tunique et un pantalon marron ornés de poils de lion et constellés de multiples fétiches fabriqués par leurs soins ou par un chasseur émérite.

Après avoir échangé les salutations et versé quelques gouttes d'eau et de vin de palme sur le sol, Kanima prit la parole.

– Nous sommes venus te dire que les poumou moré ne veulent pas t'aider dans ton mariage. Ils ne payeront pas le nogo digou (Mettre dans le grand panier).

La période du gle sogou étant terminée, le néli moré demandait énergiquement aux hommes les plus importants des quartiers de mettre la main à la poche pour la cérémonie la plus coûteuse du mariage, comme il l'avait décidé... en vain...

Le mariage ne pouvait pas se poursuivre.

Bahilama écouta en silence. Kanima déclara son intention de trouver une autre solution. Il dénonça l'attitude égoïste des sacrificateurs des quartiers qui, n'en ayant que faire, se levèrent tour à tour en saluant de loin sans faire le moindre commentaire, signifiant par leur attitude ferme et autoritaire le peu de cas qu'ils faisaient des gesticulations de Kanima.

– Ces gens-là ne changeront jamais ! Dit-il. Certains sont prêts à prendre l'arc et les flèches si le néli moré les oblige à verser quelque chose. D'autres disent qu'ils donneront des céréales pourries !

CHAPITRE VII

Ainsi plusieurs semaines passèrent. La situation se délitait comme une termitière-cathédrale qui dans son immobilité, abandonnée de ses occupants, s'éroderait sous les assauts de la pluie et du vent.

Sifati en profitait pour imposer à toutes et à tous sa volonté. Il affirmait qu'il ne voulait plus entendre parler de Bahilama.

Kanima cherchait des solutions, voulait vendre ses récoltes pour aider le jeune turka, mais il se heurtait à l'opposition de ses frères qui soulignaient, à juste titre sans doute, la précarité de leur situation alimentaire.

Bahilama déprimait et en voulait à la terre entière. Il continuait à se plaindre auprès de Tiésala qui seule ne se décourageait pas :

– On va trouver. Je ne sais pas comment mais on va trouver !

– Mais ton père ? Il est tellement remonté contre moi...

– Mon père ? Ne t'inquiète pas. Lorsqu'on aura trouvé les moyens, il pliera !

Finalement, il reprit son rythme de jardinier.

Ça devenait compliqué. L'arrêt des cérémonies avait tout gâché. Tout le monde connaissait des jeunes hommes qui ayant commencé les cérémonies de mariage, se sont brutalement retrouvé seuls, abandonnés, ruinés. Quelques-uns ont perdu la tête et sont partis définitivement du village. Bahilama avait peur de ça. Il partait aussi souvent que possible se changer les idées à Banfora, accompagnant Orombi et les jeunes jardiniers au marché de la ville qui grouillait de monde, habitants et touristes, avec qui on pouvait faire des affaires et plaisanter.

Yaya se contentait de faire de la manutention, quelque chose qui empêchait de penser.

– *Yaya ? Bonjour ? C'est vous ? Mais oui c'est vous ! Quelle surprise ! Quel plaisir de vous revoir, vous n'êtes donc plus soldat ? Vous êtes rentré au pays ?*

Bahilama reconnut la femme-reporter qui l'interpellait. Que faisait-elle ici ? C'était la première fois qu'il rencontrait quelqu'un l'ayant connu soldat.

Intrigués, les jardiniers regardèrent la femme qui parlait à Namou-man. Il l'entraîna aussitôt légèrement à l'écart :

– *Excusez-moi madame, je vous demande pardon. Il ne faut pas parler de ça devant eux. S'il vous plaît, c'est un problème. Il ne faut pas...*

Florence était confuse. En effet, elle se souvenait de l'histoire secrète de Yaya-Bahilama.

Bahilama apprécia immédiatement la façon respectueuse avec laquelle la journaliste l'interpellait, le vouvoiement surtout l'impressionnait.

Elle était émue de le revoir et elle lui parlait comme si c'était elle qui lui devait le respect.

– *Vous savez, dit-elle, je suis d'autant plus heureuse de vous revoir que l'histoire que vous m'avez racontée lorsque nous nous sommes vus chez les Guépards, j'en ai fait un bel article pour un grand magazine français. Tout le monde a adoré...*

Ah ! Bahilama écoutait la femme-reporter en se disant que c'est toujours les mêmes qui sont chanceux.

– *Mais qu'est-ce que vous faites à Banfora ?*, demanda-t-il.

– *Vous allez rire ! Je fais du tourisme ! Je me repose avant de partir en Irak. Mais et vous ? Parlez-moi de vous, que devenez-vous ?*

Bahilama-Yaya prit le temps de lui expliquer comment il avait quitté le régiment des Guépards, ce qu'il était devenu et les difficultés qu'il rencontrait pour son mariage. Ils parlaient en déambulant dans le marché. Florence écoutait attentivement l'histoire du jeune villageois.

– *Alors si je comprends bien, pas de mariage pour vous ?*

– *C'est ça. Et avec l'histoire du crocodile, je ne sais vraiment pas ce que je vais devenir. Bien sûr je peux rester au village, juste comme ça... Les choses finiront bien par se calmer*, dit-il sans y croire.

Florence réfléchissait. Elle avait l'habitude de sentir la détresse. Ce garçon lui était sympathique. Et attendrissant. Elle décida de l'aider. Elle savait qu'il n'accepterait pas de l'argent en simple cadeau. Alors...

– *Mais vous l'aimez ?*, demanda-t-elle.

Bahilama trouva la question plutôt stupide mais finalement, en lui racontant pourquoi il trouvait Tiésala formidable il se rendit compte qu'il l'aimait encore plus qu'il ne le pensait.

N'y tenant plus, Florence s'agrippa à son bras :

– *Écoutez Yaya, le hasard fait vraiment bien les choses. Jamais je n'aurais imaginé vous revoir. Je m'en voulais de n'avoir pas pris votre adresse. Je ne pensais pas que cette interview ferait un tabac pareil. Alors maintenant que je suis avec vous, je veux que vous entendiez ce que j'ai à dire : j'ai gagné suffisamment d'argent avec ce reportage et c'est grâce à vous. Alors... Alors je vais vous aider. Je vais financer ce qui vous manque...*

Bahilama s'arrêta net.

– *Florence, il ne faut pas promettre des choses pareilles. C'est beaucoup d'argent.*

Elle le regarda en souriant.

– *Oui oui, c'est de l'argent. C'est beaucoup d'argent selon vous. Je comprends votre embarras. Mais enfin vous vous souvenez du temps que vous avez passé à me raconter tout ça. Non ? Est-ce que je peux considérer que c'est un travail de votre part ?*

Un travail ? Si parler est devenu un travail, les Turkas vont être millionnaires !, pensa-t-il.

– *Je ne sais pas si c'est un travail. Je ne suis pas capable de dire ça.*

– *C'est exact. Mais moi je le confirme.*

Bahilama ne pouvait pas refuser.

– *Merci madame. Dieu vous bénisse. Ça va m'aider un peu.*

Florence secoua la tête.

– *Je voudrais que vous compreniez bien. Il ne s'agit pas pour moi de vous donner quelques dizaines de francs. Je veux que vous me disiez clairement combien il vous faut pour financer toutes ces cérémonies. Ça vaut le coup non ?* – Elle prit un air coquin – *Je veux dire, pour Tiésala ? C'est bien qu'elle vous épouse ou bien elle ferait mieux de chercher un autre mari ?*

Elle ne lui laissa pas le temps de répondre :

– *Faites le calcul si vous voulez bien et venez me voir tout à l'heure à mon hôtel. Je suis descendue à l'Hôtel Comoé, je vous y attends.*

Bahilama opina du chef et serra la main de cette drôle de toubab.

Les autres plaisantèrent avec lui de ses succès auprès de la gent féminine blanche.

Y avait-il une autre solution ? Encore une fois il n'avait comme autre alternative que de fuir. Impossible, sauf à en mourir de chagrin.

Pendant que les légumes et les fruits s'achetaient comme des petits pains, il calcula ce dont il avait besoin. Rapidement il arriva à la somme de 280 000 francs CFA (environ 430 euros). Qui pouvait donner une somme pareille ?

Lorsqu'il arriva à l'hôtel Comoé, il demanda à voir la femme reporter.

Drissa, le patron, alla la chercher lui-même et revint avec la jeune femme, souriante et parfumée.

– *Merci Drissa, je veux bien que tu nous apportes des trucs à boire et à manger, s'il te plaît.* – Yaya-Bahilama se leva pour la saluer – *C'est bien d'être venu Yaya ! J'adore cet hôtel, il est bien ombragé et regardez ! Il y a des centaines de chauves-souris installées dans ce manguier ! C'est trop beau !*

Bahilama leva la tête par politesse. Il ne voyait pas trop l'intérêt d'avoir des chauves-souris dans un hôtel. Drissa lui fit un clin d'œil.

– Frère, Florence m'a dit que tu es de Toumousséni ? Comment ça va là-bas, au village ?

Drissa devait avoir une trentaine d'années. Ils firent un bout de conversation le temps que les boissons fraîches arrivent accompagnées de salades, de pain et d'un petit poulet grillé.

Bahilama se tenait sur sa réserve, tenu par une grande timidité. Ça n'était pas facile pour lui d'être dans un hôtel en tête-à-tête avec une femme, qu'elle soit blanche ou noire. Heureusement Drissa devina son embarras et s'empressa de détendre l'atmosphère en lui parlant en dioula, langue que Florence ne comprenait pas :

– Yaya ! Tu sais je connais bien les femmes-toubabs, et pour cause ! Il y en a qui sont trop exigeantes, qui nous prennent pour leurs nègres, d'autres encore qui sont capricieuses et qui voudraient que le patron fasse le don de son corps... – il se mit à rire – Bref ! Cette femme-là est différente. Ça fait quatre jours qu'elle est là et elle est vraiment correcte. Je ne sais pas ce qu'elle te veut mais je pense que tu peux lui faire confiance. Ok ?

Bahilama-Yaya le remercia.

Florence dégustait sa Brakina en observant les roussettes endormies.

– *Alors vous avez réfléchi ?*

– *Je n'ai pas trop le choix. Si je ne trouve pas un « chou CFA », je vais vers les difficultés. »*

Florence approuva.

– *Vous savez de combien vous avez besoin ?*

Drissa s'était discrètement éclipsé.

– *Il me faudrait 280 000 francs... C'est beaucoup trop. Il faut me pardonner...*

Florence s'évertua à lui expliquer encore que ça tombait bien et que ça n'était que justice. Elle alla dans sa chambre et revint quelques minutes plus tard en lui tendant une revue.

– *Regardez ça, s'il vous plaît. Pages intérieures.*

Bahilama ouvrit le magazine et découvrit une photo de lui dans la tenue militaire des guépards. *« La déchirure des jeunes burkinabès en Côte d'Ivoire »*, tel était le titre de l'article. Cela le fit sourire.

– *N'allez pas croire que vous êtes célèbre... Le reportage est paru il y plusieurs mois, plus personne ne s'en souvient !*

– *Est-ce que je peux le garder ?*

– *Bien sûr ! Et ça, c'est pour vous...*

Elle poussa doucement une enveloppe kraft vers lui.

– *Il y a un peu plus que ce dont vous avez besoin. C'est mon cadeau de mariage...*

Bahilama eut la pudeur de ranger l'enveloppe, sans l'ouvrir, dans son pantalon.

– *Est-ce que vous voulez quelque-chose ?*, demanda-t-il légèrement halluciné par la situation inespérée.

– *En fait, j'aimerais bien faire la connaissance de votre fiancée. Vous croyez que c'est possible ?*

– *Je crois même que c'est nécessaire. Tiésala voudra vous connaître.*

Florence avait l'habitude d'organiser les choses. Elle se débrouilla avec le patron de l'hôtel pour avoir un véhicule adapté dans l'heure qui suivit. Drissa se proposa de les conduire, trop content de pouvoir faire un tour en brousse.

Sous les sourires et les cris des enfants, les saluts des femmes et des hommes, le Land Rover traversa le village et fit son entrée dans la concession de Sifati.

Intriguée, Tiésala écoutait les femmes parler : la femme de *lôaingé* était revenue ? Elle avait meilleure figure et une plus jolie voiture !

Pendant que Florence et Drissa étaient pris en charge par les femmes de la concession, Bahilama entraîna Tiésala à l'écart. Il lui montra discrètement le magazine, ce qui la fit rire aux larmes !

– Tu es bizarre dans ce truc-là ! On dirait vraiment un méchant type !

Bahilama regarda mieux la photographie. De fait, il avait cet air renfrogné qu'elle lui connaissait bien.

– *Alors, les cicatrices et les doigts en moins, ça n'est pas le croco ?* – elle n'avait jamais encore osé parler de cela avec lui – *Tu aurais pu mourir... On dirait que tu vas faire un vilain coup !*

Bahilama lui montra l'enveloppe pleine de billets de banque. À sa surprise, Tiésala trouva le marché honnête. Surtout, elle comprit immédiatement que c'était enfin la solution à leur problème.

– C'est normal. Tu as fait un travail, tu dois être payé. Cette toubab est très bien !

Tiésala revint au centre de la cour. On installa Florence dans un fauteuil en rônier. Drissa, jovial, se contenta d'un tabouret et Bahilama s'assit sur ses talons.

Comme par enchantement, un bidon de vin de palme suivi d'un plat de graines de fonio et son accompagnement de sauce d'arachide ne tardèrent pas à régaler les invités.

Tiésala laissa les invités manger, se contentant d'échanger quelques paroles aimables et des plaisanteries avec Drissa.

Lorsque le repas fut fini et toutes les mains rincées, Tiésala s'adressa à Drissa. Elle avait une déclaration à faire et voulait qu'en homme neutre, il fasse la traduction pour la femme blanche. Bahilama expliqua à Florence que Tiésala voulait que la déclaration soit faite en dioula, langue que tout le monde ici comprenait.

– Toi Drissa, tu es venu de Banfora avec mon mari. Je t'ai choisi pour que toutes et tous ici entendent ce que j'ai à dire. Et pour que tu traduises en langue des Blancs à *« notre chère Florence »*. Voici longtemps déjà, Florence a demandé à mon mari de faire un travail difficile pour elle. Est-ce que ce travail a été bien fait ?

Drissa traduisit et attendit la réponse.

– *Oui,* répondit Florence, *ça a été très bien fait.*

– Bon ! Gou fa la ! Et aujourd'hui, cette femme-là est venue payer *« mon mari »* pour ce travail. Je la remercie pour ça. Drissa, il faut rester au village pour la nuit. Nous allons faire la fête ce soir, ici même dans la cour de mon père et des pères de mon père. Nous remercions la toubabou d'avoir eu le courage de venir jusqu'ici afin de payer notre mari.

Après une rapide discussion avec Drissa, la reporter décida de rester sur place jusqu'au lendemain.

Bahilama commençait à croire que Dieu l'avait enfin pris en pitié. Cette rencontre fortuite était ce qui pouvait arriver de mieux !

La nuit fut festive pour tous. Luc et son orchestre vinrent se produire dans la cour de la concession et comme souvent au village, à l'affût de la fête la plus spontanée, les garçons et les filles du quartier se rassemblèrent pour profiter de l'aubaine, faire un peu de commerce et s'amuser.

Au petit matin, Yaya-Bahilama eut une pensée émue pour Fambi. Grâce à lui il était parti en Côte d'Ivoire et il avait rencontré cette journaliste.

Tout allait pour le mieux maintenant, si ce n'était la fatigue qu'il ressentait jour et nuit.

Les cérémonies du nogo digou (mettre dans le grand panier) pouvaient donc commencer.

Bahilama avait demandé à Kanima de réunir les sept sacrificateurs des quartiers chez le vieux contre-sorcier qui expliqua que maintenant, Bahilama avait les moyens de payer le mariage dans sa totalité :

– « Je veux que Bahilama achète les produits du nogo digou aux groupements de vos quartiers, je veux que vous les anciens vous assistiez à la cérémonie et que vous soyez les témoins de ça ! » dit Kanima.

Les vieux poumou moré se consultèrent cherchant où était le piège.

– Vumvonnaba, (Les vieux) dit Bahilama visiblement ému, acceptez ce que Kanima vous demande. Soyez généreux. Maintenant vous pouvez rassurer les gens de vos quartiers. Mais j'ai besoin de vous. j'ai besoin que vous soyez les témoins de mon mariage. Que Dieu et les génies entendent ça.

Le plus âgé des hommes répondit aussitôt et ostensiblement :

– Mmmm'ouahininin, (Ééécouteueueueeu) ça n'est pas pour toi que nous le faisons. C'est pour le village, pour nos traditions.

Au moins, les choses étaient claires.

Tiésala, qui se tenait légèrement à l'écart de la petite assemblée des hommes, riait toute seule. Ces vieux étaient tellement coriaces !

Lors de cette cérémonie des quantités astronomiques de vivres étaient rassemblées en principe par les oncles maternels du marié et ici forcément achetées par Bahilama aux sacrificateurs des quartiers. Les quantités étaient immuables et leur comptage un long dénombrement : cent vingt kilos de mil, cent kilos de riz, soixante kilos d'arachides, douze kilos de pois de terre, soixante kilos de graines de fonio et quarante régimes de maïs, chaque régime contenant environ douze épis.

Ajoutez à cela près de cent litres de vin de palme extraits pendant dix jours et stockés dans de grands bidons en plastique pour être éclusés lors de la cérémonie.

La totalité de ces céréales était destinée aux oncles maternels et à la mère de Tiésala qui avait la réputation d'être très regardante sur son bien. Sifati contre lequel Kanima râlait, en profiterait peu...

Dix jours après la constitution de ce véritable butin, les diatinaba et les amis de Bahilama se chargèrent de le transporter des concessions des sacrificateurs jusqu'à celle de Bahilama. Puis, parents, amis, voisins, sacrificateurs, néli moré mais aussi Kanima et l'un des oncles maternels de Bahilama se retrouvèrent dans la cour du jeune marié.

Depuis la veille, les diatinaba du jeune homme ne cessaient de s'activer. Elles préparaient les repas pour celles et ceux qui viendraient de loin.

Pour qu'il n'y ait aucune contestation, l'évaluation des quantités de céréales se fait aux yeux de toutes et de tous, sur de grandes nattes étalées au milieu de la cour de la concession de Bahilama qui assistait incrédule à la rengaine des sacs de céréales, versés, comptés puis ramassés par les hommes. À charge pour les diatinaba de Bahilama et ses amis de transporter ensuite les sacs remplis jusque dans la cour de Sifati.

Lorsque ce fut terminé, tous se reposèrent sur les grandes nattes. Chacun y allant de son commentaire. Bahilama riait, soulagé que cette cérémonie soit finie.

Il fallait maintenant prévoir la cérémonie du dahamingou, « couper le bois ». Les diatinaba et les amis de Bahilama, mais aussi sa sœur et son frère se retrouvèrent à la concession de Sifati pour couper et ramasser une grande quantité de bois. Les fagots étaient offerts à la mère de Tiésala et constituaient une réserve qu'elle utiliserait plus tard, pendant la courte période où le couple séjournerait dans la cour de Sifati. Amusé par tant de dévouement, Sifati leur offrit tout de même quelques litres de vin de palme.

Tiésala était heureuse de vivre la spirale du mariage turka. Oui, elle était en train de devenir une vraie épouse ! Oui, elle faisait ce qu'il fallait pour mener les cérémonies jusqu'au bout !

Lorsqu'elle voulut organiser le kon viengou, la fête de la boisson, cérémonie entièrement à la charge du marié et dont l'épouse en était la seule et unique bénéficiaire, Bahilama se demanda s'il elle ne l'avait pas purement et simplement « ouaké », c'est-à-dire charmée d'un filtre d'amour puissant...

Dépité il se gratta la tête...

– Oui le kon viengou, bien sûr... heu... disons dans dix jours ?

– Gou fa la !, répondit l'espiègle Tiésala.

Le Namou-man compta l'argent qui lui restait. « Ouais, ça ira... » Il lui restait suffisamment de sa solde d'homme de guerre et du salaire versé par la femme-reporter pour lui acheter les accessoires nécessaires : des bracelets, des boucles d'oreilles, trois ensembles de pagne et chemise, des pinces à cheveux, un foulard, une paire de chaussures, une paire de lunettes sans verres correcteurs et un grand foulard en tissu.

Sa diati préférée, organisatrice en chef des moindres détails, avait maintenant toute la confiance de Tiésala. Et justement Mafamoukou tenait à accompagner Bahilama à Banfora pour faire des emplettes, du « shôpingg » disait-elle en insistant sur le « ô » et le « ing », « pour que tu ne choisisses pas n'importe quoi ! » avait-elle précisé.

Dix jours plus tard, en fin de matinée, les musiciens sollicités par Bahilama arrivèrent à sa concession et pendant deux heures, balafonistes et tambours de mariage jouèrent et chantèrent les louanges du père de Bahilama et de Kanima.

Au début de l'après-midi les musiciens partirent chercher Tiésala chez elle. La sœur et la mère de Bahilama furent du voyage. Les diatinaba portèrent quatre canaris de vin de palme et autant de bière de mil pour les offrir à Sifati. La bagatelle de cent soixante litres... payés par Kanima.

Pendant ce temps ceux que l'on nomme les sogouti, c'est-à-dire les pères des familles alliées au guérisseur ou au père de Bahilama, vinrent faire le don des toutounias. (verser l'argent) Ils donnèrent chacun une petite somme à Kanima, marquant par ce geste leur solidarité avec celui qui marie son fils.

Kanima était tout affairé à ses activités de contre-sorcier. Il évitait de se retrouver seul avec Bahilama qui évidemment le vivait mal. Cela ne laissait présager rien de bon. Le Namou-man s'attendait à une catastrophe, justement...

On entendit enfin au loin les échos des tambours et des balafons sur le chemin du retour.

Mais un autre cortège se dessinait à l'opposé de celui des musiciens et de la mariée. Il progressait également vers la concession familiale. Bahilama ne savait que faire devant cette procession poussiéreuse inattendue, venue de nulle part.

Orombi, le frère bienveillant, lui fit signe en montrant les musiciens qui, eux, étaient de plus en plus proches et Bahilama se tourna définitivement vers la mariée qui arrivait, toute revêtue de ses atours, son complet bleu chatoyant, un foulard bigarré savamment noué sur son visage, les cheveux finement tressés partiellement cachés par un bandeau assorti à son chemisier. Ses bijoux, certains niellés d'émail noir, d'autres sertis de perles ou de cauris, s'entrechoquaient avec les bracelets en fer doré. Mafamoukou était en admiration devant la jeune femme. Elle était aussi très fière d'elle-même, de ses choix de « chôpingg ». Tiésala était accompagnée des filles et des femmes de sa famille mais aucun homme de sa concession ne devait l'accompagner, comme si la séparation était trop dure pour eux.

Au beau milieu de la cour, les diatinaba avaient installé de grandes nattes sur lesquelles l'épouse et les jeunes filles qui l'accompagnaient prirent place. Assise là, les jambes allongées devant elle, la tête penchée vers le sol, le visage masqué par son foulard, ses yeux acajou curieusement ornés des petites lunettes rondes offertes par son fiancé, soutenue par les filles, elle allait rester ainsi la nuit entière, supportant la fatigue comme elle le pourrait.

Alors que les musiciens commençaient à s'installer à leur tour, les enfants attirèrent l'attention par leurs cris. C'est que de l'autre côté de la concession l'autre équipage approchait à son tour. Et il était pour le moins étrange. Plusieurs jeunes garçons âgés tout au plus de douze ans acheminaient sur leurs frêles épaules une vieille chaise à porteurs. Bahilama n'en croyait pas ses yeux : assis là-dedans, hilare, Poupouteli arrivait tel un prince maure, suivi par une flopée de fillettes qui dansaient en frappant dans leurs mains et criaient de joie. Il avait revêtu sa plus belle chemise et s'appuyait sur une magistrale canne sculptée à l'effigie des armes de la compagnie du chemin de fer français pour laquelle il avait travaillé il y avait de cela bien des décennies, si longtemps que personne ne savait exactement quand.

Bahilama en riait : cette drôle de surprise, Kanima devait en être l'organisateur et son inquiétude était légitime. Le vieux Poupouteli était fragile et si par malheur il mourait en chemin ou bien maintenant, cela constituerait un bien mauvais présage. Poupouteli ne voyait rien mais il appréciait le chahut occasionné par son arrivée.

Bahilama vint l'accueillir. Les enfants posèrent l'antiquité en bois et le marié prit le vieil homme dans ses bras pour le conduire prestement à l'ombre.

– Poupouteli ? Mais... *C'est comment* ?

Poupouteli riait de plus belle et sa voix se faisait curieusement criarde.

– Pose-moi à la place la plus confortable, que je puisse écouter les musiciens. Cet engin de la colonisation n'est pas fait pour mes vieux os !

Bahilama était éberlué :

– D'où sors-tu cette belle *automobile* ?

– Ah ça ! C'est une prise de guerre ! Elle était là bien avant *katorz*, je ne me souviens plus très bien... Étais-je même déjà né ? Un jour un groupe de guerriers turkas a attaqué un petit convoi de Blancs près de mon village natal. Ils les ont mis en fuite en laissant tout sur place. Et mon père a récupéré cette vieille chaise. Je l'ai toujours gardée, pour venir te voir ici, sans doute !

Bahilama souriait.

– Et tu as préparé ça avec Kanima je suppose ?

– Yééé ! J'ai préparé ça avec les enfants de mon quartier. C'est tout... – Bahilama ne souriait plus – Mou bié ? (Mon fils) As-tu fait le fond de ta valise ?

Disant cela, Poupouteli avança ses mains pour toucher ses vêtements de lin blanc. Faire le fond de sa valise signifie que le marié a revêtu ses plus beaux habits.

Les musiciens étaient entrés en action. Ils allaient jouer jusqu'au matin. Dès qu'ils furent échauffés, désaltérés de vin de palme, Tiésala vint les saluer. Comme le veut la coutume elle était juchée sur les épaules de Baumani, sa belle-sœur, pour se faire la plus grande possible : « Il faut chasser l'épervier qui mange les poussins » chantèrent alors les musiciens. Ces rituels sont des conjurations destinées aux éventuels sorciers mangeurs d'enfants. À travers le chant, la mariée se faisant la plus grande possible proclame qu'elle défendra sa progéniture contre « les gens de la nuit », coûte que coûte...

Commencèrent alors les grandes toutounias (verser l'argent). Chacune et chacun donne une somme d'argent destinée à la mère de la mariée. Il faut donner petit à petit, sans se presser, jusqu'au petit matin... Ce qui lui vaut le qualificatif de « grande ».

De l'avis de tous la nuit fut joyeuse. Le vin de palme, le dolo, la bière et les sodas coulèrent à flots.

Quant à Poupouteli il dormait profondément depuis longtemps, près des musiciens.

Enfin, peu avant l'aube, tradition largement répandue aux quatre coins du monde, Bahilama et sa jeune épouse s'éclipsèrent dans l'une des petites cases alentour.

Après s'être étirée de tout son long, Tiésala se réfugia dans les bras de son mari.

– Tu parais soucieux, non ? Pourtant, tout se passe bien. Je ne comprends pas.

– Gou fa la... Mais je n'ai pas pu parler à Kanima. Je ne sais toujours pas ce qui l'inquiète. Tant qu'il ne m'aura pas expliqué...

– Mais il t'a déjà dit qu'il ne savait pas ce qui pouvait arriver. Il n'y a rien d'autre à faire que d'attendre. Et puis il peut se tromper tu sais.

Elle s'allongea tout près de lui. Epuisés l'un et l'autre, ils s'endormirent.

Tinibi en tête, les amis de Bahilama et ses diatinaba entamèrent les recherches. Ils eurent tôt fait de les trouver et de cogner à la porte de la petite case pour les réveiller. Lorsqu'ils eurent la certitude que le couple se trouvait bien à l'intérieur, les commentaires scabreux et les injures allèrent bon train sur l'acte sexuel en général, sur le nombre d'amants de la mariée. Lorsque les mariés se décidèrent à sortir, les diatinaba changèrent de registre et adressèrent des éloges à Bahilama, vantant ses qualités, ses bonnes attentions et sa délicatesse à l'égard des femmes.

Accompagnés de cet aréopage, ils se rendirent dans la concession de Sifati. Là, ils allaient rester une semaine logeant dans une case construite spécialement pour eux par leurs amis et les inévitables diatinaba, la tiata dogou, la case nuptiale.

Pour Bahilama c'était encore une période financièrement difficile. Il devait mettre à profit cette période pour se procurer tous les ustensiles nécessaires à la cuisine de son épouse. C'était à la mère de Tiésala de décider des besoins de sa fille : assiettes, plats, jarres, marmites...

Chaque matin Bahilama achetait pour sa belle-mère dix litres de vin de palme.

Heureusement pour lui, Poupouteli avait déterré du dessous de sa vieille natte un petit pécule de vieux billets qu'il gardait pour une grande occasion. Il avait confié ça à Tinibi qui le lui avait remis à son arrivée dans la cour de Sifati.

Enfin au soir du cinquième jour, le couple toujours largement accompagné s'apprêta à partir dans la concession de Bahilama. Cette fois-ci, pour Tiésala, il s'agissait d'un départ définitif, le brama : « partir ». Elle ne reviendra dans la concession paternelle que pour de courtes visites, sans y rester dormir.

Ils avaient dix jours de répit avant la cérémonie suivante. Les deux jeunes purent l'un et l'autre reprendre des activités à peu près normales.

Tiésala avait trouvé en Baumani une alliée sincère. Elles passaient la plupart du temps ensemble travaillant vite et bien, s'organisant au mieux pour avoir des temps de repos. La mère, bienveillante comme à l'habitude se réjouissait de cette belle entente.

Bahilama profita de cette accalmie pour se rendre chez Poupouteli et le remercier de sa générosité. Lorsqu'il arriva dans la cour du vieux, il le trouva en grande discussion avec Kanima.

Il hésita un instant à rebrousser chemin craignant de mettre le guérisseur dans l'embarras, puisqu'il refusait obstinément de se trouver en tête-à-tête avec lui. Mais il était trop tard, Kanima le vit et il l'interpella vivement.

Bahilama s'empressa d'abréger les salutations. Il remercia chaleureusement Poupouteli pour son aide financière. À Banfora il avait acheté une bonne bouteille de vin pour la circonstance. La vue du précieux liquide donna le sourire à Kanima et Bahilama mit la bouteille dans les mains de Poupouteli qui s'écria de sa petite voix :

– *Duvin ! Duvin !* mon fils connaît que j'aime *duvin !*

Kanima était lui aussi tout excité de pouvoir boire *duvin*.

C'était un château Turcaud 1999. L'étiquette parlait d'un vin riche, concentré, charnu et mûr, élevé entre Dordogne et Garonne en France. Le nom l'avait fait rire : « Turcaud, est-ce le pluriel de Turka ? » Bahilama n'avait emporté que deux verres et un sac d'arachides fraîches. Il pensait partager la bouteille seul avec Poupouteli. La présence du guérisseur changeait la donne. Il allait tenter de le soûler pour le faire parler. Cérémonieusement il déboucha la bouteille et versa le précieux liquide dans les verres. Il avait pris la précaution de laisser la bouteille rafraîchir toute la nuit dans un canari d'eau fraîche entreposé dans le sol de sa case qu'il avait creusé pour ça. Ainsi, malgré la chaleur, le vin avait une belle couleur grenat intense agréable et une odeur que Poupouteli sentit sans attendre. Il tendit les mains pour accueillir le verre contenant le fameux breuvage. Kanima fixait le sien intensément. Les deux hommes déposèrent sur le sol une petite goutte, vraiment minuscule.

– Quand on boit *« duvin »* il faut faire un vœu, – inventa Bahilama qui fixait le guérisseur – et, risqua-t-il, il faut le dire à haute voix...

Kanima plongea dans son verre et dégusta le bon vin de Bordeaux.

– Bah ! Gou doldol ! C'est bon ! Mmm... C'est bon, c'est bon ! Mmm ! Je vois la vérité. Qu'un jour je puisse la dire, dit-il sans sourciller, acceptant ce rituel supposé venir du pays des Blancs.

Poupouteli, le nez enfoui dans son godet, murmura : « Si le castor ne laisse pas son chemin, les chiens ne pourront pas l'attraper... »

Satisfaits de leurs réponses, sans retenue aucune, les deux hommes se délectèrent du breuvage.

C'en était trop pour Bahilama : « Vous faites chier les vieux ! » pensa-t-il. Il les resservit à nouveau, plusieurs fois. La bouteille se vida rapidement. Chaque verre produisait son petit effet et les deux compères furent vite éméchés. Kanima ne pouvait raisonnablement pas conduire sa mobylette sans risquer de se jeter dans le décor. Quant à Poupouteli...

Bahilama était décidé à faire parler le guérisseur.

– Kanima ?

– Mmmm ?, le vieux guérisseur s'évaporait lentement.

– Tu es inquiet pour moi. Dis-moi pourquoi !

Poupouteli sursauta. Kanima également... C'était drôle de voir les deux anciens s'assoupir. *« Duvin »* faisait tourner la tête.

– Tu m'évites. Parles Kanima ! Je suis capable d'entendre !

– Tu vas devoir te battre et je t'aiderai ! – dit-il dans un hoquet – c'est tout ! Là !

Dans un sursaut de lucidité, Kanima lui jeta son regard sévère et sans appel.

Poupouteli engagea tranquillement la conversation sur la belle fête du mariage. Kanima en profita pour commenter les détails les plus infimes de la cérémonie. Bahilama écoutait distraitement en se disant que cette future bataille contre je-ne-sais-quoi n'était probablement rien d'autre que la jalousie des villageois.

Les dix jours passèrent. Et ça n'était pas que du repos. Il fallait construire une case-cuisine et une case personnelle pour l'épouse.

Heureusement, sous les instructions d'Orombi, les jeunes jardiniers prêtaient leurs mains, leurs pieds et leur bonne humeur à ces travaux.

En quatre jours tout fut réglé et Tiésala put inaugurer son statut d'épouse-cuisinière en préparant, au soir du cinquième jour et sur le foyer qui lui était maintenant réservé, de très bons macaronis-sauce-d'arachide pour tous.

Tinibi, au nom de son père, lui fit cadeau de vingt régimes de maïs, quarante kilos d'arachides, vingt kilos de graines de sésame et quarante kilos de mil...

La mère de Bahilama fit le don d'un joli sac empli de condiments et d'épices. Il y avait là, entres autres, du soumbala et une boîte de cubes maggi. Normalement la coutume voulait qu'elle lui offrît également quarante kilos de riz et vingt d'arachides de ses champs personnels. Mais elle ne les avait pas. Tiésala se contenta de la promesse de les obtenir plus tard.

Bahilama redoutait la cérémonie suivante : la sortie sur le marché était chargée de symboles. Il n'était pas rare que des incidents se produisent lors de ce rituel extra-familial. Le sahilégou, (sortir au marché) se déroulait en fin d'après-midi lorsque l'endroit était désert.

Le couple arriva habillé de pied en cap, accompagné de Kanima, de Sifati, des amis et diatinaba de Bahilama. Les tambours de mariage les rejoignirent pour procéder à la présentation du nouveau couple aux puissances tutélaires du marché.

Kanima était extrêmement vigilant. Les yeux exorbités il gueulait plus qu'il ne parlait, n'écoutant rien d'autre que son instinct, furetant ici, fouinant là, comme gagné par une sorte de paranoïa. C'en était presque gênant. Kanima pouvait s'approcher de l'un ou l'autre si près qu'il frôlait les visages, mettant la patience des gens à rude épreuve. Il cherchait obstinément à découvrir le sorcier ou la sorcière qui, croyait-il secrètement, avait jeté un maléfice puissant sur Bahilama.

Sifati goguenard, se tenait à l'écart du cortège qui par trois fois fit le tour du marché et salua les autels de sacrifices des divinités du lieu, les génies protecteurs du marché. Autrefois l'aîné de la mariée, un cousin maternel, la portait sur ses épaules pour décourager les sorciers qui avaient la réputation de fréquenter assidûment le marché et s'attaquaient au couple puis à leurs enfants. Mais les chutes trop fréquentes dues à l'état d'ébriété des porteurs avaient soulevé les protestations des jeunes filles à qui l'on imputait la responsabilité de la chute et qui ne supportaient plus de passer elles-mêmes pour des sorcières.

Le cortège rejoignit Sifati qui observait attentivement les rituels. Encore une fois les amis du marié donnèrent quelques pièces de monnaie destinées à l'épouse. Finalement tout se passa sans traquenard ni machination. Kanima s'était calmé. Il reprenait espoir tant il s'était persuadé que le danger auquel Bahilama devrait faire face était là, sur le marché, ce lieu où tout se passe, de l'amour sauvage au meurtre le plus raffiné. Il souriait béatement aux gens qu'il était à deux doigts d'étrangler l'instant d'avant. Ceux-là n'étaient pas plus rassurés pour autant.

Tiésala voulait un mariage honorable. Bahilama devait aller jusqu'au bout des cérémonies au risque de mettre en difficulté Kanima son principal pourvoyeur. Mais cela ne gênait plus le jeune turka qui estimait que son confinement dans le village valait au moins ça.

Lorsque Tinibi annonça à son père que Bahilama voulait maintenant faire le koulou hongou, (prendre la poule) le vieux guérisseur eut un soupir de dépit : une poule, huit coqs, une chèvre, le tout arrosé de vingt litres de vin de palme et la même quantité de bière de mil... C'était là les dépenses nécessaires pour ce nouveau rituel. Il se consolait en se disant que Koulou hongou était destiné à s'attirer la protection des ancêtres de son épouse.

Ils en auraient bien besoin.

Les diatinaba furent à nouveau sollicitées pour faire le transport jusqu'à la concession de Sifati. Et Kanima dut ajouter la somme de quatre mille francs CFA pour le bon plaisir de Sifati. Lui qui avait eu si peur de perdre tout dans ce mariage, il ne pouvait que se réjouir.

C'est l'aîné des oncles maternels de Tiésala qui fit les sacrifices de tous les animaux. Il demanda aux ancêtres utérins la santé, la chance et la fécondité pour leur fille nouvellement mariée.

Enfin, le sidiangou, la présentation aux ancêtres de la mère du marié, qui eut lieu cinq jours plus tard clôtura les cérémonies de mariage. C'est Bahilama, aîné de la concession, qui en fut le sacrificateur : Tiésala s'agenouilla devant l'autel des ancêtres sous le toit de la case de la mère de Bahilama. Tout en demandant la protection des ancêtres, Bahilama égorgea cinq coqs et une chèvre. Ce devait être suffisant pour assurer la santé et la fertilité du couple, de la mariée en particulier.

Les cérémonies de mariage étaient donc achevées, enfin ! Toutes et tous étaient épuisés.

CHAPITRE VIII

Les mois passèrent. La vie était redevenue normale au sein du village. Le néli moré se félicitait régulièrement : les récoltes promettaient d'être abondantes et son influence auprès des villageois ne faisait que grandir.

Kanima, guérisseur et contre-sorcier le plus efficace au-delà des frontières du village, était encore plus craint qu'auparavant.

Les villageois appréciaient de pêcher à nouveau dans le marigot qui retrouvait petit à petit son débit d'antan et surtout, grâce à Namou-man, ils se réjouissaient de pouvoir honorer les génies de l'eau comme aux temps anciens.

Bahilama s'était fait à son nouveau statut et il s'en amusait, fréquemment sollicité par le néli moré ou par l'un ou l'autre des sacrificateurs de quartier pour les assister dans les différents rituels liés à l'eau.

Cela prenait parfois un tour étonnant.

Ains,i un jour, il se présenta sur un lieu de pêche où il était invité. Le poumou moré, sacrificateur du quartier de Tapéri lui avait indiqué le lieu de rendez-vous, un champ non loin de la piste principale vers le sud du village. Lorsqu'il y arriva, femmes, hommes et enfants attendaient au milieu d'un champ d'herbes où aucun marigot ne coulait. Pourtant le poumou moré l'invita à rester près de lui pendant qu'il sacrifiait une poule afin de demander la protection des pêcheurs. Ceci fait, toutes les personnes présentes commencèrent à fouiller la terre humide. Au fur et à mesure, les pêcheurs retiraient à la main toutes sortes d'anguilles et de silures. Par dizaines ! Les poissons hibernaient là dans la boue, en attendant les grosses pluies de l'hivernage. C'était une pêche quasi miraculeuse ! Le sacrifice et les prières au génie de l'eau protégeaient les pêcheurs d'éventuelles morsures de serpents qui y logeaient aussi.

Du crocodile, Bahilama rêvait régulièrement. Cela lui était maintenant devenu familier. Les messages les plus clairs indiquaient la prochaine période de ponte. Pour le reste, les songes reptiliens restaient encore hermétiques et il acceptait le fait de ne pas tout comprendre, qu'il devrait avoir plus d'expérience pour ça. Le vieux guérisseur l'aidait à progresser, à condition qu'il ne lui demande rien d'autre, surtout pas d'informations sur ce qu'il pressentait. Namou-man veillait à ce que les jardiniers gardent l'eau du marigot la plus claire possible et respectent les interdits inhérents au culte de Namou.

De son côté Tiésala débordait d'idées et de projets. Elle avait pris en mains la vente et la distribution des produits maraîchers sur la ville de Banfora et sur le marché du gros village de Douna. Elle s'occupait également de la logistique de la petite école du village.

Tout allait bien.

Et puis un jour...

C'était plutôt une nuit. Tiésala pleura. C'était la première fois que Bahilama voyait sa jeune épouse fondre en larmes. Il la consola comme il put, mais sa tristesse était profonde.

– Je ne comprends pas pourquoi je n'arrive pas à être enceinte. Pourtant on fait ce qu'il faut, non ?

Bahilama ne pouvait que confirmer. Il avait beau lui dire que ça allait venir, que ça n'était qu'une question de temps... Rien n'y faisait. Et cette scène commença à se répéter. Les pleurs, la consolation, les pleurs. Une autre nuit, désespérée, Tiésala annonça qu'elle voulait partir, voyager, voir la mer.

– Voir la mer... ? Mais Tiésala, tu sais bien que je ne peux pas... Tu sais bien...

– On va trouver quelque chose... Je veux partir, je veux aller chercher mon enfant auprès du génie de l'eau ! De la mer ! De l'océan ! Il faut trouver. Cherche un moyen !

Bahilama n'était certes pas à une contradiction près mais comment pouvait-il prendre la chose sereinement, alors que son plus cher désir avait été de tout quitter pour gagner la Côte ou même la France ?

Bahilama laissa le temps passer. Il espérait que Tiésala finirait par être enceinte. Mais cela n'arrivait pas et, jour après jour, elle devenait plus irritable. Elle le harcelait régulièrement pour qu'il trouve un prétexte, une astuce pour partir.

Il n'y avait pas d'autres solutions que de réitérer le coup de la brousse...

Lorsque la saison des pluies tira à sa fin, Bahilama présenta son plan à Tiésala.

– Je vais dire que j'ai fait un rêve : Que Namou me demande de rejoindre la mer... Pour que tu gagnes un enfant.

Tiésala était sceptique :

– Et tu crois que les vieux vont gober ton histoire ?

– Je vais m'arranger pour qu'ils y croient...

Bahilama passa les nuits suivantes en brousse.

Il fit en sorte que cela se sache.

Surmontant sa peur il se cachait dans les hautes herbes près du marigot, loin des jardins et observait la vie nocturne. Les animaux sauvages ne semblaient pas être dérangés par cette présence inhabituelle.

Piqué par les moustiques, mordu par les sangsues, il s'attendait plus ou moins à ce que le crocodile sorte du marigot et peut-être qu'il lui délivre un message suffisamment démonstratif pour que tous croient à la nécessité de le laisser partir avec Tiésala. Il croyait en son histoire tout en appréhendant ce moment. Plusieurs fois il crut l'entendre.

Une nuit, une panthère distraite se retrouva nez à nez avec lui. Elle grogna de peur et par chance sauta le cours d'eau d'un bond. Bahilama en resta cloué sur place jusqu'au petit matin.

Les nuits étaient fraîches et, dès la deuxième nuit, Bahilama ressentit la fièvre monter en lui. Il suait par épisodes et se fatiguait vite.

Lorsqu'il rentrait à la concession après ces nuits éprouvantes, il se sentait tellement vidé qu'il dormait jusqu'au soir, le sommeil rythmé par des fièvres persistantes et leurs pénibles sueurs. Il mangeait très peu, ce qui accentuait son état d'affaiblissement.

Chaque soir il repartait sans rien dire.

Tiésala avait reçu la consigne de faire courir le bruit que son mari était dans un état anormal.

Kanima apprit la nouvelle et se précipita chez Namou-man qui, venant de se réveiller, accueillit le guérisseur avec affection. Le guérisseur voulait tout savoir, tout connaître de ce qui se passait. Il était très inquiet et Namou-man ne faisait rien pour le rassurer. Quelque chose l'obligeait à rentrer directement en contact avec Namou expliqua-il pour justifier les nuits passées près du marigot à attendre. Kanima l'écouta attentivement et au fond de lui, fit le lien entre cet appel et l'énigmatique vision de Bahilama lors de la cérémonie du Manoula.

– Tu dois te protéger. La nuit la brousse est dangereuse pour les hommes. Il faut que je vienne avec toi.

Bahilama ne s'attendait pas à une telle proposition. Cela pouvait servir son plan. Il accepta donc.

Le soir même, vêtu de son imposante tenue de chasseur, Kanima fit le chemin en compagnie de Bahilama. Tout en marchant le guérisseur s'affairait, s'éloignant parfois de quelques mètres pour cueillir une plante, respirer une odeur, observer le comportement d'un oiseau. Comme à son habitude il était sur le qui-vive.

La nuit tombait lorsqu'ils arrivèrent au bord du marigot. Bahilama reprit son poste d'observation. Kanima vérifia les alentours. Il repéra les traces de la panthère, murmura plusieurs incantations et déposa sur la trace la plus proche de leur planque un petit fétiche jusque là accroché à sa veste de chasseur. Il finit par s'asseoir aux côtés de Bahilama qui restait volontairement silencieux.

Kanima s'endormit au bout de quelques heures, emmitouflé dans sa veste pour se protéger du froid et des moustiques. Bahilama somnolait en contrôlant au mieux sa respiration courte et les tremblements de froid et de fièvre qui auraient pu inquiéter le guérisseur.

Rien n'arriva.

Trois nuits passèrent ainsi.

Bahilama s'épuisait de jour en jour. Le vieux guérisseur résistait mais commençait à trouver l'attente bien longue.

Et puis, ce fut la surprise.

Alors qu'ils s'assoupissaient, un grognement se fit entendre.

Bahilama tendit l'oreille, Kanima se réveilla en sursaut. Les deux hommes écoutèrent. Le grognement approchait. On entendait distinctement des clapotis dans l'eau : un animal sortait du marigot.

Si le guérisseur n'avait pas été à ses côtés, Bahilama se serait immédiatement enfui.

Ils n'en menaient pas large.

Par chance la lune était grande. Là, ils purent voir un crocodile sorti de l'eau et qui commençait à gratter la terre.

Voulant impressionner le guérisseur, Bahilama s'arma de courage et se redressa doucement. Kanima qui ne voulait pas paraître moins courageux en fit autant.

L'animal ne les voyait pas et continuait de creuser.

Kanima renifla. Une indéfinissable odeur flottait dans l'air. Cela pouvait être celle du crocodile mais c'était si proche qu'il avait l'impression que cela venait de Bahilama. Le jeune homme se tenait debout, respirant profondément, les yeux grand ouverts. Il sentit le froid s'infiltrer en lui, mais un froid différent des frissons de fièvre. C'était une étrange sensation qui s'emparait de lui, la même que celle ressentie au cours de la dispute avec l'Européenne de l'ONG.

Kanima fit un pas en arrière, Bahilama un pas en avant. Le crocodile s'immobilisa brusquement. Ses yeux semblèrent fixer ceux de Bahilama qui n'était plus qu'à cinq mètres de lui. L'animal resta figé quelques instants, peut-être deux longues minutes durant lesquelles Bahilama se sentit inexplicablement très proche de Namou, dans un monde à part, sans que cela soit nécessaire de tenter de comprendre. Soudainement le crocodile se remit à son ouvrage et lorsque le trou qu'il creusait fut assez grand et profond, il commença à pondre sous le regard médusé de Kanima qui observait la scène dans un absolu silence.

En une vingtaine de minutes une quarantaine d'œufs furent déposés dans le trou. Tout en grondant, le crocodile tourna sur lui-même et à l'aide de ses pattes poussa feuillages et boue sur le nid pour protéger son œuvre.

Dans un dernier mouvement appuyé, l'une des pattes arrière accrocha un œuf qui vint rouler à quelques centimètres des pieds de Bahilama. Kanima faillit se précipiter sur le Turka mais il n'osa pas.

À nouveau plus rien ne bougea. Quelques instants insupportables.

Alors, le crocodile dans un mouvement d'une étonnante fluidité, se retourna à nouveau, se figea sur ses pattes crochues, fixa encore Bahilama et subitement, la gueule grande ouverte, il poussa un rugissement effroyable qui semblait ne jamais devoir finir.

Kanima était pétrifié.

Bahilama ne ressentait rien d'autre que cet étrange froid protecteur.

Alors Namou sauta d'un bond dans le marigot et disparut.

Quelques minutes s'écoulèrent encore avant que Kanima ne se décide à s'approcher de Namou-man.

– Hé ! Mon fils ! Tu es là ?

Bahilama reprenait ses esprits. Il ramassa à ses pieds l'œuf égaré et le tendit à Kanima qui le prit délicatement, le sentit, le caressa et le rendit au Namou-man.

– Mon vieux ! Yééé !

Kanima était tellement étonné qu'il ne savait quoi dire. Bahilama profita de la situation.

– Je dois partir avec Tiésala jusqu'à la mer pour honorer le génie de l'eau. C'est l'ordre de Namou... L'œuf est son cadeau. Si je pars je dois le remettre dans le nid. Si je ne peux partir je dois le manger... Je dois partir... Je n'ai pas le choix...

Kanima hocha la tête. Bahilama ne pouvait être plus convaincant. Il avait réussi... Il remit l'œuf dans le nid du saurien.

Tiésala était folle de joie. Elle embrassa son homme, le serra dans ses bras, tripotant ses doigts absents, caressant sa cicatrice, sautillant autour de lui comme une enfant. La nouvelle était formidable ! Elle allait voir la mer, l'océan, la Côte d'Ivoire ! Elle allait partir chercher son enfant !

Kanima, tout à son récit, racontait dans le moindre détail ce qu'il avait vu, entouré des sacrificateurs des quartiers et du néli moré qui affichait une sombre figure :

– Ça ne s'est jamais fait ! Tu le sais ! Le messager de Namou ne doit pas quitter le village ! Jamais ! Allons ! S'il part, on sait ce qui va arriver !

Le néli moré était pourtant à court d'arguments. Kanima était sûr de lui. Ce qu'il avait vu, c'était ça ! Et il en était encore suffisamment impressionné pour ne pas avoir de temps à perdre en palabres inutiles. Mais le néli moré ne décolérait pas :

– Kanima tu mens ! Tu es le complice de Bahilama ! Tu n'as rien vu ! Tu racontes des histoires !

Le guérisseur se raidit. C'était le moment de sortir sa parade dissuasive qu'est l'allusion à la sorcellerie. Mais le néli moré ne se laissa pas impressionner et il prit les devants d'un doigt menaçant :

– Je sais ce que tu vas faire, tanti, mais je ne marche pas avec ça ! Il va te falloir trouver autre chose !

Les poumou moré se sentaient mal à l'aise et redoutaient entre les deux hommes un conflit qui n'arrangerait certainement pas la situation. Kanima avait conscience de l'inefficacité de sa stratégie et de l'inutilité de se mettre en colère. Il préféra parier sur l'inattendu :

– Si tu vois de tes yeux le nid de Namou, est-ce que tu me croiras ?

– Oui ! dit furieusement le néli moré sans réfléchir. Mais partons sur-le-champ, je ne veux pas que tu aies le temps de manigancer ! Allons ! Partons !

Les poumou moré se levèrent et le cortège emboîta le pas.

Il fut facile pour Kanima de retrouver le lieu de ponte.

Le néli moré examina le nid sous toutes ses coutures, soulevant la terre et les feuilles mortes pour mieux voir les œufs. Kanima lui montra celui qui avait roulé jusqu'au pied de Namouman et le néli moré passa doucement la main dessus en parlant de la beauté et de la perfection de l'œuvre de Namou avant de recouvrir entièrement le nid sans laisser de traces.

Il n’en fallut pas plus pour qu’il s'inclinât.

– Si je n’avais pas vu moi-même ce que j’ai vu hier, je n’y aurais jamais cru, ajouta paisiblement le guérisseur.

L’affaire était entendue. Les deux jeunes pouvaient partir, ils avaient l’autorisation du néli moré et par conséquent celle des ancêtres. Ça se tenait. Le Namou-man ne pouvait quitter le village sauf si Namou lui-même l'exigeait.

Tiésala n’écoutait plus rien des explications que lui donnait Bahilama. Elle ne pensait qu’au voyage et, si tout allait bien, à son futur bébé.

Il fallut attendre encore plusieurs semaines pour qu’à Banfora, le jeune couple obtienne les pièces d’identité nécessaires au passage de la frontière.

Puisqu’il n’était plus nécessaire de fuir, le départ des deux Turkas avait été largement annoncé dans les quartiers du village.

D’autant que sur le continent africain, personne en principe ne peut partir sans « demander la route ». Naguère on envoyait des jeunes en éclaireurs sur les pistes pour vérifier que tout allait bien. Si une piste était coupée, un pont effondré, s’il y avait une guerre ou une épidémie, l’éclaireur prévenait le voyageur qui décidait soit d’attendre que la situation s’arrange, soit de prendre un autre chemin.

Aujourd'hui, prendre le temps de dire « au revoir » permettait simplement de se faire à l’idée que tout irait bien. Dans le village on se souvenait de cet invité qui était parti trop vite pour prendre l’avion à Ouagadougou. La Land Cruiser Toyota avait crevé deux fois de suite en l’espace de quelques kilomètres. C'était le moindre mal car cela aurait pu être l’avion qui tombe en panne...

Cette prudence donc, permettait de quitter ses hôtes en douceur.

Beaucoup de jeunes vinrent au bord de la piste pour accompagner le couple sur le départ. En dehors d’un petit pécule récolté essentiellement par Tiésala, ils n’emportèrent que peu de choses. Le taxi-brousse s’éloigna dans un nuage de poussière qui n’empêcha pas les uns et les autres de faire des signes jusqu’à ce que la 404 bâchée disparaisse...

Ce départ était définitif. Ils l'ignoraient.

Plus jamais ils ne reverraient le village.

Plus jamais ils ne reverraient le pays turka.

Plus jamais ils ne reviendraient au Faso.

Le train en partance pour Abidjan, l'Express, était attendu à seize heures en gare de Banfora. Il fallait vingt-quatre heures pour arriver à bon port.

Bahilama, prévenu des dangers de vols et de racket à bord avait demandé à Tiésala de coudre une poche à l'intérieur de la veste incrustée d'objets enchantés protecteurs offerte par Kanima.

Lorsque le mastodonte fit son entrée dans la gare ferroviaire avec une heure trente de retard, elle s'empressa de s'installer aussi confortablement que possible sur les banquettes en bois de la deuxième classe. Il fallait s'arranger pour sauvegarder un espace vital, renoncer au confort, s'apprêter à supporter les odeurs fortes ou fétides. Bahilama avait préparé la monnaie pour honorer les différents rackets qui ponctuent le trajet en territoire ivoirien. Trois cents francs à chaque fois, moins si on a de la chance. Il est inutile de tenter d'y échapper. Il faut payer. Yaya-Bahilama était informé de ces abus.

Ils étaient heureux et surpris de se retrouver là...

Ce train est véritablement épuisant. Le voyage contribua à augmenter la fatigue physique du jeune homme. Il était régulièrement réveillé par un rêve qui devenait au fil des heures de plus en plus obsédant et pénible. Il revoyait sans cesse la cérémonie du Manoula. Il avait encore de la fièvre, cette fièvre qui persistait.

Tiésala mettait à profit les nombreux arrêts dans les gares et en brousse pour acheter de quoi boire et se restaurer. Il y avait beaucoup de vendeurs et de vendeuses qui proposaient viandes grillées, fruits, beignets, ignames frits...

Le charme de Tiésala eut tôt fait d'amadouer les autres voyageurs. Le contrôleur lui-même y succomba.

Les contrôleurs passent dans les allées en ne communiquant avec les passagers que par des claquements de doigts, indiquant ainsi l'impérieuse nécessité de montrer son billet et bien souvent sa pièce d'identité. Tiésala plaisanta et félicita le contrôleur pour la beauté de son uniforme, ajoutant : « Ça va bien avec la couleur de tes yeux ! »

C'était suffisant ! Bahilama s'efforçait de rire à toutes les taquineries et plaisanteries de son épouse.

En silence, il souffrait.

La nuit venue, les arrêts furent encore plus fréquents et le train s'éternisait dans la brousse.

Tiésala avait pu dormir profondément et se sentait en pleine forme lorsque le soleil réchauffait les wagons du train.

Le paysage commençait à changer. Quittant la savane le train abordait les forêts denses. Jamais Bahilama n'était descendu aussi loin au sud. Il commençait à se sentir bien mieux depuis une heure ou deux. Encore un peu de patience et ils allaient débarquer dans la folle ville d'Abidjan où le bruit, les odeurs, les couleurs, la saleté... Tout y est artificiel, décalé et en même temps, terriblement attirant.

Dès son arrivée, le jeune couple chercha un taxi-brousse pour Assinie. Tiésala avait fait une petite enquête auprès de plusieurs de ses amies de Banfora. Le lieu magique, disent-elles, c'est Assinie ! « On voudrait toutes trouver un mari et vivre là-bas. »

Bahilama ne voulait pas s'attarder dans la folle ville de la Côte d'Ivoire. La voiture d'occasion venue de France et baptisée fort à propos « France au revoir », qui allait les conduire au village d'Assinie au bord de l'Atlantique, ultime étape de leur périple, dut prendre son temps pour sortir de la mégalopole. Dans les embouteillages monstrueux, le taxi avançait si lentement que Bahilama pouvait regarder la télévision dans les boutiques. Le journal de dix-huit heures montrait la photo d'une femme française portée disparue depuis quelques jours, probablement enlevée depuis le 5 janvier 2005 à Bagdad. Bahilama montra la télévision à Tiésala.

– On dirait Florence...

– On dirait...

Elle lui serra la main très fort.

Le véhicule les déposa au bord de la lagune.

Ils marchaient lentement et en silence.

Tiésala fut déçue en voyant un cordon d'eau calme et plat.

– C'est pas ça la mer, quand même ?

– Non Tiésala. Je ne crois pas, la mer est encore un peu devant nous. Pas loin je suppose.

La nuit était tombée lorsqu'ils arrivèrent sur la plage d'Assinie. Bahilama chercha un endroit tranquille et le plus obscur possible pour pouvoir y dormir sans être dérangés.

Comme ils étaient tout près d'un hôtel, Bahilama, qui se doutait bien que les gardes de l'établissement rôdaient dans le coin, demanda à Tiésala de ne pas bouger, d'attendre le lever du jour pour aller dans l'eau.

Ils s'installèrent sans bruit dans un creux de sable, derrière un cocotier.

Tiésala avait fort à faire avec ce qu'elle ressentait : les bruits du ressac, l'odeur iodée de l'eau, la merveilleuse impression de n'avoir rien d'autre à faire que ça. Elle sortit quelques beignets qu'elle avait soigneusement gardés ainsi qu'une bouteille d'eau et ils dînèrent de ce frugal repas sans rien se dire. Serrés dans les bras l'un de l'autre, les jeunes turkas faisaient connaissance avec l'océan en écoutant le bruit des vagues. La nuit était chaude, l'air formidablement bon.

Épuisés par un si long voyage, ils s'endormirent facilement.

Tiésala s'éveilla vers cinq heures du matin. L'aube pointait. Discrètement elle se leva. L'océan était toujours là. Son rêve, l'océan Atlantique était là devant eux. Réveillé à son tour, Bahilama la prit par la taille. Ils étaient seuls au monde. Doucement, sentant le sable doux et humide sous la plante de leurs pieds, ils marchèrent et restèrent là de longues minutes dans l'océan salé. Tiésala se frotta le visage, les bras et les jambes. Elle respira. Avait-elle déjà été aussi heureuse depuis qu'elle était née ?

Le jour illuminait à présent parfaitement les vagues. Déjà, plusieurs jeunes ivoiriens se mettaient à l'eau, leur planche de surf sous le bras.

L'océan semblait être dompté.

Bahilama trouvait ça moins inquiétant que le marigot.

– Yaya ? Je peux t'appeler Yaya ? Maintenant que je suis là, il me faut un nom musulman, à moi aussi...

– Choisis-le...

Dans une profonde inspiration, elle prononça son nouveau nom, pour la première fois.

– Je suis Mariam.

Le chemin, pensa-t-il. C'est le chemin qui compte, pas la destination...

Pas si loin de là, du côté de la ville d'Aboisso, résonnaient les balafons des funérailles turkas.

« Le lion est mort,
et la lionne est morte après.
Même si tu es beau, tu vas mourir.
Les lions sont morts
et tu te souviens d'eux tristement.
Si tu fais le bien, le bien te mange.
Quand les lions étaient encore là,
ils s'abritaient sous un arbre.
Mais maintenant qu'ils ne sont plus là,
ils disent que l'arbre est tombé.
S'ils avaient su,
ils seraient nés chez les riches
pour manger le foie des bœufs
et pas les fruits sauvages.
Les lions sont morts
et tu pleures parce que tu les cherches
et tu ne les trouves pas...
Vous êtes venus au monde,
avec vos frères et vos sœurs.
Mais deux d'entre vous sont morts.
Laissez-les,
laissez-les se réveiller !
Maman, laisse-moi mourir
et puis me réveiller.
Le lion est mort.
La lionne est morte après.
La maman a fait le bien
et le bien a mangé ses enfants. »

REMERCIEMENTS ET HOMMAGES

Merci à celles et ceux qui m'ont accompagné dans l'écriture du roman :

Jacqueline Poujade ma belle-mère révolutionnaire qui a donné au texte toute sa cohérence syntaxique.

Maryse Pholsena mon épouse, mon ami Sylvain Cardonnel, professeur au département de communication interculturelle de l'université Ryukoku de Kyoto, (Japon), Joséphine Syren ma consœur et Patrick Legendre vétérinaire ami des animaux et des humains, qui toutes et tous ont pris leur courage à deux mains pour lire attentivement toutes ces pages.

Merci au docteur Claude Garrier, fin connaisseur de l'Afrique, qui a accueilli le roman avec beaucoup de cœur.

Que les grands hommes soient ici honorés :

Poupouteli Hié, Kanima Son, Noyona Son, Tiéhoulé Son, Maurice Koné, El Hadj Abdoulaye Koné et James Clavaud.

Je dédie ce roman au peuple Turka, ainsi qu'aux bienveillants Chantal et Jean Pooda, Administrateur Civil et Secrétaire Général de l'UCAO/UUB, à mon ami Sten Hagberg, anthropologue et professeur de l'Université d'Uppsala (Suède), consul honoraire du Burkina pour la Suède.

À la mémoire de ma mère et à mon père, soutiens de toujours.

À mes trois enfants, joies de la vie.

J'ai des pensées respectueuses pour les anthropologues Suzanne Lallemand et Michèle Dacher. En ce temps-là, sur le terrain leurs conseils furent précieux.

Ce roman s'inspire des récits recueillis auprès des villageois de Toumousséni entre 1986 et 1997.

Les lettres reçues de Yaya-Bahilama jusqu'en 2004 m'ont également été d'une profonde inspiration.

Il ne constitue pas un écrit d'anthropologie.

J'ai souvent gardé les noms réels des personnes qui vivent dans le roman. Cela ne confère aucune réalité historique aux faits dédiés à ces noms. Comme on le dit usuellement, toute ressemblance avec des personnes et des faits existants ou ayant existé serait absolument fortuite.

Romans et nouvelles d'Afrique noire aux éditions L'Harmattan

Dernières parutions

BOIS DE BÉSSIR
Yacine Bodian – Préface d'Alpha Amadou Sy
Lorsque Samba Kane reçoit un télégramme qui lui demande de venir à Dakar, il est loin de se douter que ce voyage va changer toute sa vie... À travers sa quête de vérité et d'identité, le lecteur est plongé dans un univers peuplé de cascades, de mythes et de cultes avec, en toile de fond, le village des ancêtres de l'auteur et l'ethnie diola. Ce roman a su magnifier les valeurs positives d'une société en devenir, tout en récriminant les nouvelles politiques appliquées dans cette aire géographique.
(Coll. Ecrire l'Afrique, 20 euros, 200 p., décembre 2012) ISBN : 978-2-296-99426-3 EAN PDF : 9782296510739 EAN ePUB : 9782296989016

MORTS MYSTÉRIEUSES À POULÀH
Emile Nguimfack
Préface de Jacques Kateu
Au cœur de l'Afrique, dans un petit village nommé Poulàh, pouvoir, magie et sorcellerie cohabitent ensemble depuis la mort du premier chef. Sous le règne de Sa Majesté Ndi Jonas, un engrenage de morts mystérieuses va s'installer dans le village. Au milieu du danger sans cesse croissant qui menace le village et ses occupants, naîtra une belle histoire d'amour entre Bernard et Martine. Cette belle histoire protégée par les dieux sera la clé de survie de tout le village.
(Coll. Harmattan Cameroun, 10,5 euros, 74 p., décembre 2012) ISBN : 978-2-336-00129-6 EAN PDF : 9782296510975 EAN ePUB : 9782296989245

FANTÔMES DU POUVOIR – Roman
Patrick Maneume Diong
Ce livre est le récit d'un personnage loufoque aux prises avec des forces dans un espace-temps imaginaire. Personnage sulfureux au délire lucide, Coclé vit à fond des péripéties dans un monde perturbé. S'il se joue de la vie, il est aussi un jouet de celle-ci, un homme imprévisible, contrarié par la course effrénée du temps...
(20 euros, 210 p., décembre 2012) ISBN : 978-2-296-99536-9
EAN PDF : 9782296511408 EAN ePUB : 9782296989672

MÉTIER D'AIMER
Eric Essono Tsimi
Éric est amoureux, et comme sous l'emprise d'une drogue. Ses sentiments sont une forme d'aliénation quand ils sont illustrés par sa passion dérivative pour la divine Cléa, qui représente l'inaccessible, le paradis perdu, le Canada. Ils sont un moyen d'enracinement quand ils se présentent sous les traits

de la modeste Monica, image de la déchéance, du désenchantement, et du Cameroun, anagramme inattendue d'amour.
(Coll. Harmattan Cameroun, 16,5 euros, 160 p., décembre 2012) ISBN : 978-2-336-00883-7EAN PDF : 9782296511323 EAN ePUB : 9782296989597

DÉMONS DES RIVES
Ces maîtres qui corrompent
Valentin Diba Kamena Muzembe
Les *Démons des rives* est ce regard sans complaisance sur une société qui tombe en décadence. L'auteur crache son dépit pour l'immoralité des grands. Il soulève le vieux Ngalassi contre les nouveaux aristocrates d'une jungle où la jeunesse est la principale victime de l'érotisme et de la mégalomanie des ploutocrates.
(Coll. Ecrire l'Afrique, 14,5 euros, 146 p., décembre 2012) ISBN : 978-2-336-00368-9 EAN PDF : 9782296511316 EAN ePUB : 9782296989580

JOURS DE CHÂTIMENTS – Nouvelles
Yodé Simplice Dion
Le mal est puissamment à l'œuvre dans le monde, dans la méchanceté et l'hypocrisie des hommes, leur inconscience, leur vanité ou leur quête effrénée et frénétique du pouvoir. Ce recueil de nouvelles décrit la réalité telle qu'elle est. Mais, en même temps, il s'adresse aux hommes pour leur rappeler l'honneur qu'ils ont d'être dans les rangs de l'humanité. La toute-puissance du mal sera sans effet tant que des hommes de bien décideront qu'il doit en être autrement...
(Coll. Harmattan Côte-d'Ivoire, 15,5 euros, 152 p., décembre 2012) ISBN : 978-2-336-00574-4 EAN PDF : 9782296511668 EAN ePUB : 9782296989931

SOPAM, LE DUC DE LIPTOUGOU
Hadiza Sanoussi
Sopam, le duc de Liptougou, retrace le lien singulier entre le personnage principal et son géniteur, leur complicité à toute épreuve. Dans cette œuvre, transparaissent également la combativité, la persévérance d'un homme. Loin d'étaler les éloges de Sopam, elle vise à faire partager sa riche expérience d'homme battant à la jeunesse, pour l'inciter à lutter continuellement pour le développement... personnel.
(Coll. Encres Noires, 18 euros, 186 p., décembre 2012) ISBN : 978-2-336-00179-1 EAN PDF : 9782296512030 EAN ePUB : 9782296990302

CASSEURS DE SOLITUDE – Roman
Marouba Fall
Invité à Arras pour observer la banlieue, Diéri Dieng, jeune sociologue de la banlieue de Dakar, passe en revue les problèmes avec lesquels se débattent quotidiennement les Français issus de l'immigration. Il fait la connaissance de Taro Niang, une beauté métisse d'origine sénégalo-capverdienne qui est née et a grandi en France et ne connaît rien de l'Afrique noire. Pour aller à la découverte du pays de ses ancêtres, Taro s'accroche à Diéri comme à une bouée de sauvetage.
(Coll. Harmattan Sénégal, 25 euros, 258 p., novembre 2012) ISBN : 978-2-296-99533-8 EAN PDF : 9782296508101 EAN ePUB : 9782296986381

BAASAMMBA MAA NIBE NDER KOYDOL
Kebbitol
Ousmane Paraya Balde
Cet ouvrage est une traduction en pular du roman *Basamba ou les ombres d'un rêve*, publié chez l'Harmattan en 2006.
(Coll. Harmattan Guinée, 24 euros, 342 p., novembre 2012) ISBN : 978-2-336-00100-5 EAN PDF : 9782296508460 EAN ePUB : 9782296986749

PAYS CRÉPUSCULE – Roman
Epi Lupi Ahlinvi
Ce roman affiche et expose les craintes d'une jeunesse africaine face aux incertitudes de son avenir : chômage, crise politique, crise de l'éducation, corruption, violence... Ogoubiyi et Sanvi incarnent, à travers ce récit, cette jeunesse au parcours souvent kafkaïen dans une Afrique post-coloniale.
(Coll. Encres Noires, 13 euros, 112 p., novembre 2012) ISBN : 978-2-296-99374-7 EAN PDF : 9782296508583 EAN ePUB : 9782296986862

AUJOURD'HUI, JE SUIS MORT – Nouvelles
Stéphanie Dongmo Djuka
Ce recueil de nouvelles aborde une réalité dont on a du mal à parler mais que nous avons tous en partage : la mort. Aussi bien physique que spirituelle et morale. Un homme mal aimé essaie de se dérober à une réalité qui le rattrape ; une vendeuse persécutée ferme les yeux en espérant la délivrance; un enfant solitaire découvre que trop d'amour peut encombrer. Ce livre parle des hommes, de leurs attentes et de leurs angoisses, de leurs misères et de leurs conflits intérieurs.
(Coll. Encres Noires, 10,5 euros, 78 p., novembre 2012) ISBN : 978-2-336-00383-2 EAN PDF : 9782296508606 EAN ePUB : 9782296986886

INGRATITUDE DU CAÏMAN (L') – Les racines du mal
Isaac Djoumali Sengha
Avec ce roman, qui fait la part belle à l'Histoire, à la politique et aux problèmes de société, l'auteur offre une intrigue pleine de rebondissements, où se mêlent aventures, passions et drames, avec le souci permanent de l'authenticité. C'est un récit qui pose des questions d'actualité : y a-t-il une fatalité aux maux de l'Afrique ? Face à la mondialisation, l'Afrique occupera-t-elle enfin la place qui lui revient ?
(Coll. Ecrire l'Afrique, 24 euros, 284 p., novembre 2012) ISBN : 978-2-336-00168-5 EAN PDF : 9782296508811 EAN ePUB : 9782296987098

DÉSASTRE À FODONG – Regard sur le devoir de résistance
Gilbert Doho
Ce livre narre les rivalités interethniques qui consolident les identités des peuples qui forment les Grassfields Cameroun d'avant et d'après le partage de Berlin. Roman semi-historique, il dit la volonté d'exister face à tout pouvoir hégémonique et l'égalité et la sauvegarde de la paix entre les royaumes et les peuples. Réflexion philosophique sur l'inanité de la guerre et chant d'amour entre une princesse et un esclave.
(Coll. Harmattan Cameroun, 18 euros, 178 p., novembre 2012) ISBN : 978-2-336-00080-0 EAN PDF : 9782296508934 EAN ePUB : 9782296987210

PASCALINE, DANS LES FLOTS DE LA CHUTE
Arnold Nguimbi
Préface de Patrice Moundounga-Mouity
La présence au monde de Pascaline tient du miracle. Sa mère a dû accoucher dans une bananeraie faute de maternité. D'ailleurs, sa naissance ne correspondait-elle pas à la crise de l'or noir ? Les autorités politiques justifiaient le manque de structures sanitaires et autres infrastructures par la baisse du prix du baril de pétrole. Il fallait donc se battre pour ne pas périr. Il fallait lutter.
(Coll. Ecrire l'Afrique, 13,5 euros, 120 p., novembre 2012) ISBN : 978-2-336-00105-0 EAN PDF : 9782296510029 EAN ePUB : 9782296988309

POIDS DES SOUVENIRS LA QUÊTE DU PRÉSENT (LE) – Récit
Jean-Pierre Heyko Lekoba – Préface de Charles Zacharie Bowao
Ce livre est le récit autobiographique d'un fils du terroir, devenu autorité nationale. Il charrie les souvenirs d'une vie affectée par l'amour maternel et les rites traditionnels figés. La recherche introspective de la dignité et de l'engagement sacerdotal des responsables politiques des années soixante et le regard incisif qu'il porte sur les atrocités des années 80 inscrivent cette fresque romanesque dans la réalité du Congo contemporain.
(Coll. Harmattan Congo, 17 euros, 170 p., novembre 2012) ISBN : 978-2-336-00684-0 EAN PDF : 9782296510326 EAN ePUB : 9782296988606

MARYAM BAYLO JOURNAL D'UNE JEUNE FILLE RÉVOLTÉE
Jean-Marie Toure
Maryam Baylo est le «journal» que tient une jeune fille tout au long d'une année scolaire. Elle observe, réfléchit, se raidit contre certaines valeurs établies, se révolte enfin, en revendiquant son droit à l'autodécision, à l'autodétermination. C'est dans cette logique qu'elle cherche à se libérer de l'emprise étouffante de Fofana, riche comme Crésus et déjà mari de deux femmes, et du carcan des valeurs ancestrales de son milieu, pour s'attacher à M. Seck, son professeur de philosophie.
(Coll. Harmattan Guinée, 15,5 euros, 156 p., novembre 2012) ISBN : 978-2-336-00116-6 EAN PDF : 9782296510661 EAN ePUB : 9782296988941

HEUREUSEMENT, C'ÉTAIT LA SAISON DES PAPAYES
Jean-Marie Toure
Faisant suite aux deux précédents romans de Jean-Marie Touré, ce texte couvre la période allant du retour de l'auteur à Famanko-Mosquée à la venue au monde de son premier fils. Il narre aussi le récit du retour d'un des amis de l'auteur qui rentre d'une longue pérégrination.
(Coll. Harmattan Guinée, 12 euros, 104 p., novembre 2012) ISBN : 978-2-336-00114-2 EAN PDF : 9782296510524 EAN ePUB : 9782296988804

L'HARMATTAN, ITALIA
Via Degli Artisti 15; 10124 Torino

L'HARMATTAN HONGRIE
Könyvesbolt ; Kossuth L. u. 14-16
1053 Budapest

ESPACE L'HARMATTAN KINSHASA
Faculté des Sciences sociales,
politiques et administratives
BP243, KIN XI
Université de Kinshasa

L'HARMATTAN CONGO
67, av. E. P. Lumumba
Bât. – Congo Pharmacie (Bib. Nat.)
BP2874 Brazzaville
harmattan.congo@yahoo.fr

L'HARMATTAN GUINÉE
Almamya Rue KA 028, en face du restaurant Le Cèdre
OKB agency BP 3470 Conakry
(00224) 60 20 85 08
harmattanguinee@yahoo.fr

L'HARMATTAN CAMEROUN
BP 11486
Face à la SNI, immeuble Don Bosco
Yaoundé
(00237) 99 76 61 66
harmattancam@yahoo.fr

L'HARMATTAN CÔTE D'IVOIRE
Résidence Karl / cité des arts
Abidjan-Cocody 03 BP 1588 Abidjan 03
(00225) 05 77 87 31
etien_nda@yahoo.fr

L'HARMATTAN MAURITANIE
Espace El Kettab du livre francophone
N° 472 avenue du Palais des Congrès
BP 316 Nouakchott
(00222) 63 25 980

L'HARMATTAN SÉNÉGAL
« Villa Rose », rue de Diourbel X G, Point E
BP 45034 Dakar FANN
(00221) 33 825 98 58 / 77 242 25 08
senharmattan@gmail.com

L'HARMATTAN TOGO
1771, Bd du 13 janvier
BP 414 Lomé
Tél : 00 228 2201792
gerry@taama.net

555163 - Janvier 2014
Achevé d'imprimer par
1livre.com
du rêve à la réalité !